廖玉蕙 著　蔡全茂 圖

大食人間煙火

增訂新版

新版序：

爲七十歲自放煙火

廖玉蕙

九歌總編表達要重新出版《大食人間煙火》那天，我取出架上的藏書，在深夜裡展讀十三年前的文字，悲忻交集。十三年，足夠讓嬰兒長成少女；讓少女升等為人母，讓人母升格為祖母；十三年的變化於我堪稱「滄海桑田」。最大的滄桑不止於母親在這本書出版的次月仙逝，我的長兄、二姊、三姊也在這些年內相繼亡故。

這本書出版於母親過世前一個月，裡頭有一篇讓我萬分神傷的作品〈廚房裡的專制君王〉，寫於母親過世前五個月。當時一向強勢的母親已逐漸病弱，正為無法掌控轄區主場的廚房而懊惱神傷，整個生活變得狂亂、崩毀，亂糟糟。

儘管心理、生理狀況都瀕臨崩潰，母親猶然撐持著完成了「專制君王」的最後一役。文章刊載後的兩個月，我們驅車載送母親回中部老家。清晨即起，她購買了黑毛豬腳，在外籍看護的協助下，顫巍巍地在廚房裡燉了兩鍋最拿手的豬腳湯，一鍋留下，以饗家人；

一鍋讓外子開車送去給長期照護她的家庭醫生。母親說：「食人一斤，至少也要還人四兩！醫生對我極好，阮受伊的照顧，一點的報答是應該的。」如今回想起來，就像一則預示的神諭，一向周到的母親，似乎已經了然今生的緣會至此算是終了！直到臨終，她都還鄭重地用食物向家人示愛，用身教告訴我們「施與受」的做人道理。

畢生以廚房為根據地，以美食兜攏家人的母親，用親手烹煮獨門的豬腳湯向她「一向最繾綣」的廚房道別，向照護她的醫生表達最誠摯的謝意，裡外一併照應。從那之後，她徹底從廚房撤守。銜命送禮的外子在回首往事時曾透露：「媽媽不只讓我送去一鍋豬腳湯，還另外用小袋附贈一大包麵線和幾支青蒜；並交代我：要記得跟先生娘講，在加熱盛起豬腳湯前一刻灑下青蒜才會青翠，看起來較好食。多謝伊並且祝福伊夫妻健康快樂。」她總是周到，不論平時或病中。

民國六十年左右，台灣經濟開始起飛，民間時興慶生，母親也開始跟風，目的無非招喚家人聚首。未必有蛋糕，但確定有蹄花麵線。母親暮年用吉祥的慶生蹄花麵線捎給延續她生命的醫生由衷的祝福，可惜終究還是沒能在這場生與死的拔河中贏得勝利。

母親仙逝後，家人每有聚會，這道母親最後的廚藝遂成為永恆，一再徘徊於生跟死之間，所有的生老病死，都和它脫不了關係。晚輩的婚慶、湯餅宴和兄姊的病中、散宴，大家都要求吃它一碗。無非希望藉由家族共同記憶的味道——蹄花麵線，搭起家族血緣的親密記憶或勾起長輩被疾病壓抑的味蕾。

前些天的午後，隨兒女搬遷來北部的二哥，坐著輪椅，由外籍看護推至大樓中庭解悶，忽然情緒激動地淚流滿面、仰天咆哮，鬧著要回去中部老家。但疫情嚴重，防疫中心極力宣導年高者非必要不要遠行，尤其是清明假期，最好居家規避風險。但嫂子、姪兒力勸無效，他聲聲哀嚎且涕淚橫流，聞者沾襟。

姪兒不得已來電求援。我知二哥想是因清明上墳的電視畫面引發的思念，讓他情緒潰堤，在電話中我告訴他：「我知道你想家，但疫情嚴峻，還是保命要緊。明日我會過去跟你聊聊，改天再下廚烹煮一鍋豬腳麵線送去給你解饞。」老人孩子性，一場喧鬧居然就被豬腳麵線給鎮住了。看來蹄花麵線的豬蹄和我們一併走過歲月，而Q彈的麵線拉長的記憶，最能釋放憂傷、寬解相思。

人間煙火不過如是，食衣住行育樂。

有意思的是，今年我剛好邁入七十大關。我記得詩人余光中七十歲那年，笑稱一口氣出版《五行無阻》、《日不落家》、《藍墨水的下游》是為整壽「自放煙火」，而《大食人間煙火》也正好在我的七十歲重刊，意義別具。除了這本刻畫人間各色煙火的書重刊，我在七十生日前夕還出版近作《穿一隻靴子的老虎》（九歌）散文集；接著五月還要出版兩本教養書《愛的排行榜——孩子表情達意的練習》、《讀出太陽的心情——孩子生活美感的練習》（時報文化），堪稱仿效前賢，從年頭到年尾，四處自放煙火了。

回首走過的十三年，早已學會放手，兒子非但沒有因此不回頭，更常回家吃飯，身旁還多了媳婦和兩位孫女；女兒已走過人生的諸多風雨，找到她的羅馬，意外成為我的編輯同行（我少女時期曾任幼獅文藝編輯）；我每日依然運動，只是不再為瘦身而走，而是為書中所說「過分正直的頸椎」而跑；退休讓週期性的授課不再，但演講、寫作的忙碌卻似乎更甚；已不再自行開車，高鐵成為行進間慣搭的交通工具；我依然住在台北的中正紀念堂邊兒，只是幾步路之遙的地方，平添了一座小公園，似乎專為吾孫而設；南門市場中繼站遷移到對門，跳過街，無論蔥蒜或魚肉都一應俱全，真是占盡地利的便宜。

年過七十，我拖定只說說實話，一句應酬話都不想再說；身為女性也絕不為傳統的母職神話委曲求全；逝者已矣，來者可追，我不再眷戀純真年代，名牌包再也吸引不了我；已然退休，只要願意，天天都可以是暑假，雖然如此，我還是不停地繼續上路！

我把心靈的窗子悉數打開，將所有銀山拍天浪的壯闊景致都收攬至眼底，設法學會跟世界接軌，我七十歲，我驕傲。

廖玉蕙　二〇二〇年四月

目錄

輯二　教授別急

輯三　逐漸不再說實話

輯四　爲往事描容寫眞

推薦的話：

玉蕙的書

平路

「從我們一起重遊舊地歸來的那日起，我忽然開始罹患強烈的相思病，你已然回到身邊，卻才是思念的開始．你一定覺得奇怪……」

音韻感十足，立即可以譜曲。

書中，〈陪你一起找羅馬〉結尾一段。

〈陪你一起找羅馬〉，這篇堪稱經典的散文，我一遍一遍地讀，到底讀了多少遍？每次讀，都有欲淚的衝動。

猜猜看，作者是寫誰？

從開頭第一句，「那年，你十八歲，提起簡便的行李……」簡直有小說的懸宕感，一路寫到重回女兒寂寞時光顧的拉麵店，再寫到女兒逛百貨公司的孤單心境，以至於買來成打成打化妝品：眉筆、眼影、髮箍、小刷子等等，我這讀者早已淚光閃閃，既魔幻又寫實的場景裡：母女在燈下四目相視，大堆的眉筆、眼影、髮箍、小刷子正在床上發出異色閃光，用繪畫的語言說吧，它兩三筆竟然描摹出人生玄奇（懸歧？）而刻骨的感情，所以我也情深必墜，好像也陷在場景中，四壁閃爍著星星月亮，原來，自己正滿心憐惜地設身處地。

「我忽然開始罹患強烈的相思病，你已然回到身邊，卻才是思念的開始……」多麼貼心揪心，玉蕙的這篇散文，其實也補足了父權傳統之下常被漠視的母女情深。

對我心儀作者的作品，我永遠虔誠如小學生，把它們一一排出順序，譬如說，對卡爾維諾，最喜歡的是《如果冬夜一個旅人》，其中，又最最喜歡第八章「月光映照的銀杏樹」。

〈陪你一起找羅馬〉，是玉蕙這本書裡我的第一名。

玉蕙也寫兒子，母子不若母女，與兒子相處，多了一份理性清明。

她寫女兒，我讀起來牽動心肝；她寫兒子，輕鬆多了，還會讓我這讀者哈哈笑。

在書中，她寫兒子購物的心情，引用唐人小說的〈李徵〉，母親想像兒子開始還節制著，心裡掙扎著，「自覺心愈狠、力愈倍」之後，「沒多久就忍不住開始衝動地吃起人來了」，繼續刷卡繼續血拚：「而自從吃過第一個人後，接續下來便沒什麼心理負擔，把吃人的事視若稀鬆平常」。

就用這唐人小說的典故，她形容（其實孝感天地，出差之便而好心幫媽咪買名牌包）兒子是隻「食人虎」，我笑得躺在地下打滾。

怎麼會有這麼詼諧的筆法？

還有那位老太太，讀者一定早就從玉蕙的文字中熟若家人。

曾經把女兒情史一把火燒成灰的母親，在玉蕙筆下總是生動而與

味，這本集子裡，讀者卻窺見倔強、好強又逞強的老太太漸漸在繳械，包括廚房裡烹調的堅持也必須放棄，面對這種風燭窘狀，玉蕙形容失去巧手廚藝的母親：「她進退失據，在垂老之年，陡然跌落到陰暗的井底，四顧茫然」。

井底想來藤蔓鬱結，做女兒的玉蕙心惻難當，我們讀來亦覺哀然、悚然。

玉蕙寫身邊親人，看似以雋永寫深情，其實，卻又不止於此，正好像年輕的玉蕙就感悟到的，「文學的養成旨在開發情意，培養多元解讀人生的能力」。說白了，我總覺得玉蕙最擅於舉重若輕，她輕巧著墨，卻點出了人生世態（包括親情倫理）的複雜性。

因為複雜難解，所以有笑的必要，甚至於笑到忘形的必要……，即使遇上的是最荒唐的事體：無論是身上咯咯作響的頸椎、還是買到頂樓私設神壇的公寓，甚至撞到坦露私處的變態男，玉蕙都有辦法應付裕如（讀那段西門町麥當勞前與慈眉善目老男人的對話，保證拍案驚奇）。

她有問有答，兼之自嘲自謔，傻呼呼地問——這是什麼意思？

跟玉蕙在心裡相親，除了文字因緣，更因為在人世間的溫暖相知。

只要她說她自己，像那篇〈教授別急〉、那篇〈尋尋又覓覓〉，無論在高速公路迷途的無依、還是在公車上找不到按鈴的慌張，但凡別人認為不可思議的事，對我而言，累累前科、歷歷在目，啊，巧的是，竟都屬於發生在自己身上的糗事。

於是這兩人心證意證。有時候眼神交疊，我們彼此意會，無言地慨嘆天地不仁，竟把這種「瑕疵品」拋出人間（好說是「謫仙」！），害我們在世上吃盡苦頭；有時候我縮在一角，望著她被簇擁在中央，與一干文友說故事，聽眾們嘴角輕咧、眼光如醉，一陣嘻哈過後，玉蕙總以百萬名嘴功力，拋出明快的結語，綜結所有的錯綜複雜。

那一刻笑中有淚，真覺得此生沒有虛度。

都是結識玉蕙的特殊恩遇。

代序：

開窗放入大江來

要看銀山拍天浪，開窗放入大江來。

——宋．曾公亮〈宿甘露寺僧舍〉

十五歲進入婚姻，十六歲初為人母，母親在大家庭裡，侍奉公婆、丈夫，教養九個子女，在刻苦、混亂，堪稱極其艱難的少婦生涯裡，端賴坐落街市角落一家租書店裡的言情小說排遣委屈與壓抑。尚未學會做個女人，已然成為人母，年紀小，尚且來不及從娘家萃取足夠養分，母親所有的人際應對，悉數從哀感頑豔的中、外小說裡借鏡、取法，幾十年來，抓緊時間，在生活的隙縫裡閱讀，習染言情小說的誇飾、虛構手法，母親膨脹現實裡的小奸、小詐為深冤、大恨；放大生活中的小歡、小樂為巨喜、狂歡，八十餘歲了，仍然黑白篤定、愛憎分明，全然沒得商量。文學的感染力，穿透時光，浸浸乎直探生命底層，為人生設色定調，而母親自己當然是渾然不覺的。

那樣的年代，沒有電視、沒有電腦，戒嚴的世界看似簡淨安穩，其實險巇難測、暗潮洶湧；小我的苦悶也膠著難解、波瀾漸興。一個小小的、寂寞的女孩兒，自轉學到城裡後，一腳踩空，便掉入舊雨新知眾叛親離的窘境，原本只能躲在閣樓窗簾後，和路上指天畫地、自言自語行走的瘋婦遙遙招手，進行自認的通關密語對話遊戲，而因為街角的那間租書店，自憐被同儕孤立的孩子，偷偷和母親搶看同一窗口，也以那小小的租書店為根據地，似懂非懂地鯨吞蠶食，書本成了她和寂寞握手言和的仲介。她開始看小說排遣孤獨並養成自言自語、自編故事給自己聽的習慣。租書店為母親開啟了一扇對外的窗口，可惜那扇固定的窗口，視野侷限，景致不夠精采，走不遠、飛不高的母親，終於沒能看到銀山拍天浪的壯闊蒼茫。而小女孩兒循著這扇窗口，一路往外迤邐前行，不只見識了海深浪闊，在風雨陰晴的日子裡，還看見「漠漠水田飛白鷺，陰陰夏木囀黃鸝」，看見「落木千山天遠大，澄江一道月分明」，更看見「疏影橫斜水清淺，暗香浮動月黃昏」的絕妙景觀。

或者應該還可以更往前溯。

> 天這麼黑，風這麼大，爸爸捕魚去，爲什麼還不回家？聽狂風怒號，眞叫我心裡害怕。爸呀！爸呀！我們多麼牽掛！只要你平安回家，就算是空船也罷。

國語課本上，天黑風大猶然不能回家的爸爸，讓三年級的她，每每在天色將暗之際，便無端升起憂懼，在颱風夜裡為了遠方不知哪個孩子的漁夫父親輾轉不能成眠；從沒見過海峽的她，因為「海峽的水，靜靜的流。上弦月啊月如勾！勾起了恨，勾起了仇。」而萌生對海洋的嚮往和對彼岸的仇視，使得「買棹歸帆」成為五年級時的天真想望。不經意間，文學慢慢走進女孩的心底。

國、高中階段，因為一本《人間詞話》，她被精雕細琢的字句所收服，瘋狂迷戀起詩詞韻文。買不起課外書，向租書店裡找；租書店裡沒有的，站在台中中央書局裡抄。往往一站便是整個黃昏，像貪婪飢渴的孩子，狂抄、記誦，不管數學、地理或公民的課本上，文本的周邊，全填滿柳周詞、雙李（李商隱、李賀）詩，當然沒有遺漏當年最膾炙人口的泰戈爾。慘綠的歲月中，眼光總是搜尋著幾近病態的華麗悲傷，《紅樓夢》看了又看，專挑寶、釵、黛三角戀愛部分，不斷反芻悲壯。

但行刻薄人皆怨，能布恩施虎亦親。

——明．馮夢龍《醒世恆言．卷五》

她試著用文學來抵抗寂寞，並不代表閱讀就可以讓她心滿意足。心底的那個大窟窿，空空的，無時無刻不提醒著她的形單影隻。胡適的一句話在絕望之際映入眼底：「獅子和老虎向來都是獨來獨往的，只有狐狸跟狗才聯群結黨。」她若有所悟，人緣差，竟得了「獨一無二」的新詮，她因之感到短暫安慰，卻納悶到底在何時、為何故，成了人人避之唯恐不及的老虎、獅子！如果可以選擇，她情願加入狐狸或狗的行列，和他們成群結隊。一日午後，無意中讀到唐人變形小說〈李徵〉，寫博學善屬文的書生，生性疏逸，恃才傲物，平常和友朋飲酒，常口出狂言，所以僚佐都很嫉恨他。忽然在一個夜晚，被疾發狂，不知所終。其後，才被發現居然變形為一隻老虎。雖然「念妻孥、思朋友」，卻自慚形穢，怯於和前往述職的朋友相見。讀到李徵臨走吩咐友人：家人若問消息，「但云我已死，無言今日事。」她忽然心情大慟，淚流滿面。雖然只是一則虛構的志怪傳奇，卻狠狠地在心上一擊！這則故事像度人的金針，為她開示了虎性傷人的前因後果，而她，終於不再只是傷心束手。因為一則奇幻故事，她決心追根究柢，窮究「我見青山多嫵媚，料青山見我應如是」的處世哲學，期盼有朝一日能因篤行「得饒人處且饒人」的信條，終達「能布恩施虎亦親」的境界。莊子以為道在螻蟻、在稊稗、在瓦甓、在屎溺，文學正是道的另種變貌，它無所不在，端看是否和生命的經驗相契合、起共鳴。這一刻，她隱約省悟幾年來的文學養成原來旨在開發情意，培養多元解讀人生的能力，為自己找尋一條路、一個說法，它絕不只是區區「聽說讀寫」而已。

樹影興餘侵枕簟，荷香坐久著衣巾。

——唐．方幹〈睦州呂郎中郡中環溪亭〉

大三，她得了個機緣到文學雜誌工作。每到月底，雜誌即將付梓前的好幾個黃昏，她總和主編據案面對面校對，就著昏黃的燈光，她細細地一句句誦讀著名家的作品，以便主編據以校勘。讀姚一葦談李商隱；看陳世驤論中西文學；念琦君、王鼎鈞、許達然的精緻散文；朗誦余光中、楊牧密度、張力俱足的現代詩；姜貴的桐柏山開始連載了；顏元叔的西洋文學批評史也出場了……一點一滴地，文字的節奏韻律在腦海逐漸形成自己的旋律，淪肌浹髓地殷殷滲透到心上、流露在筆端。幾年後，她終也自己提起筆來，才恍悟閱讀原來不只是「翻閱」而已，要想竟其全功，還得靠高聲「朗讀」！韻律感不止存在於詩，所有順暢的文章都具備優美的旋律，念誦久了，潛移默化，掌握住其中的韻律感，形諸文字時，自然便會隨著熟悉的節奏寫出順暢可讀的文章來。

多少年後，她還清楚記憶著那些個黃昏。王鼎鈞的〈最美的和最醜的〉，曲盡小宦官用最醜的手段維繫最美的信念的過程，曾經讓她多麼驚豔；為了一篇題為〈婚禮鞋〉的文章，又是如何邊念邊涕淚漣漓、泣不成聲；還有當年迫不及待搶先閱讀田納西．威廉斯作品《慾望街車》及余阿勳翻譯的日本小說《草花》連載的熱切心情……年少時，對文學的癡迷，讓她在大學畢業後負嵎頑抗，不惜退還母親在故鄉為她苦心孤詣求來的中學教師聘書，堅持留在和文學最為接近的出版前線，並轉進古典文學的鑽研。而這一留，便再也不曾離開。那種童稚時期劈頭直擊的心頭一點，慢慢引燃了星星的火花，終至在多年後開始燎原，一發不可收拾地延燒出三十本的創作並作育英才二十餘年。

不薄今人愛古人，清詞麗句必爲鄰。

——杜甫〈戲為六絕句〉

求學過程裡，女孩的成績一向不甚理想，即使是喜愛的國文，也從未有過亮麗的成績。她視課文裡的忠君愛國思想為應付考試的虛辭詭辯；孔、孟被闔上的《中國文化基本教材》夾死在書本裡頭，〈大學〉、〈中庸〉，充其量只是無聊的制式教條！直到長了些年歲，才知是老師教死了經典，四書無端被聯考怪獸株連迫害。學習原是為了讓生活更容易，然而，短視近利的餖飣字句解說及無趣的作者生平強記，讓文學陷入死胡同，讓許多學生痛恨不已，立誓考完試後，立刻將文學碎屍萬段。

站上了大學講堂，在第一線上從事語文教育，當年那位冒著被活逮的危險，也堅持要在國文課上偷看卡夫卡、大仲馬，甚至於梨華小說的女孩兒，終於了然語文教育一旦讓學生失了興味，光談上課時數或文言、白話比例都是白搭。當老師的，推窗放入了大江，天浪如何拍擊出銀山，得有本事將它說得虎虎生風。教授四書，得讓學生明瞭這些所謂的金科玉律究竟和他們有何關聯，又憑什麼成就其經典地位；閱讀黃春明的〈蘋果的滋味〉，如果可以讓學生順便看看王禎和的《嫁妝一牛車》，再比較一下林語堂的《唐人街》和老舍的《駱駝祥子》，文學的流變傳承就不言自喻！當老師的，如果在語譯之外，還能將〈訪隱者不遇〉裡隱者飄忽的行蹤勾連上詩裡一反一正的結構；讀到膾炙人口的李白〈靜夜思〉，若知指陳空間結構的點、線、面、立體空間的巧妙變化；而王維〈渭城曲〉除了道別贈柳的意義外，若還能說明「舍青青色新」的尖銳齒音所造成的音響上的刺痛感……文學剎那間便添了活力、增了華彩。老師的教學如果不再陳陳相因，如果能自出新意，學生上課怎捨得打瞌睡？當老師的，如果能透過有效的引導、鼓勵，激發學生的想像，讓他們產生參與討論的成就感，學生怎會在進教室時灰心喪志！當老師的，若能將考試視為情意教育的延長，讓學生反思文學和生活的關聯，讓他們藉此看到文學與生活的雙重繁花盛景，並允許他們找到合適或另類的角度切入去詮解人生，學生又怎會視考試為畏途！

杜甫〈戲為六絕句〉詩說明了文章哪須分古今，一切唯「精采」是尚。多麼期待清詞麗句所構築的文學作品，能成為人生行道上一勺解渴的清泉、一處乘涼的遮蔭，而永遠不再是糾纏學生的可怕夢魘。

廖玉蕙

——原載二〇〇六年二月十八日《聯合報・副刊》

輯一

大食人間煙火

學會放手

凌晨一點左右，外子和女兒都睡了，坐在客廳的沙發上備課的我，正盤算著該開始醞釀睡意了。在房內看書、聽音樂的兒子，忽然推開房門，在對面的沙發上坐下，情辭懇切地朝我說：

「很久都沒跟您聊天了！我們聊聊吧！」

我看他興致不錯，便取下眼鏡、放下手上的書。聊些甚麼呢？

「甚麼都行啊！剛剛聽了好棒的音樂，感覺神清氣爽的，不想馬上去睡覺。」

自從退伍，接著進入職場後，兒子就一頭栽入忙碌工作中，夙夜匪懈，像不停轉動的陀螺，一刻不得閒。他在電子公司擔任行銷業務，客戶遍布世界各地，一個月倒有兩、三個星期在異國的土地上，即使在國內，也往往深夜還在打國際電話。經常夜裡九、十點，才拖著疲憊的步伐上樓，看得我們好不心疼！可也沒法子，市場競爭如此激烈，誰家的孩子能逍遙過日子？我只是不明白，整個禮拜沒日沒夜的工作，到了星期假日，他並不好好補眠、休息，卻還強撐著精神往夜店跑，還辯稱年輕人的休閒方式不比我們老人家！然而，我心下了然這曾經被爭論過千百遍的議題，絕對是破壞親情的殺手，不宜在此時重提。

兒子問起我和他爸爸的近況，也略略說明了他的工作，並意氣風發地再三強調他在職場上所受到的重視，讓我恍惚以爲養了個商場上的曠世奇才。忽然，他口風一轉，以極爲罕見的感性口吻朝我說：

「今天，我若有些許的成績，都得感謝您們。若不是您們從我小時候就努力栽培我，我怎麼能在職場上受到這樣的另眼相看！雖然平時我都沒說，但是，心裡眞的好感謝爸爸媽媽！」

我駭笑著，感覺有些不好意思，只頻頻說著：

「我知道！我知道！」

兒子正色地又朝我說：

「您一定不知道我有多愛您們！眞的。」

我點頭不停重複說：知道！知道！兒子拉了一把小椅子，坐到我的前方，拉起我的手，眼裡泛著淚光，堅持說：

「我敢保證您是不知道的。媽！我的人生如果像一顆洋蔥，從外頭一層一層的剝，先剝掉的可能先後是娛樂、朋友、工作、女友……剝呀剝地，最重要、最核心留下來的就剩了您們了。而爸爸太完美了，像神。神，只能仰望，無法溝通；您算是我在世上最親密的人囉！」

說完，將頭埋在我的膝蓋上，等抬起頭來時，竟然雙頰俱是淚水！說實話，我眞是被大大嚇了一跳！兒子一向嘻皮笑臉，跟我沒大沒小的。眼前的言行舉止，實在太反常了！我忍不住問他：

「你今天怪怪的哦！是受了甚麼刺激嗎？」

兒子不理我，兀自接下去說：

「射手座的人，不輕易吐露眞心話，今天若不是感覺超棒，我也不好意思跟您說這些。媽！不管將來發生了甚麼事，無論如何，您一定都要記得，我有多麼愛您們。」

我吶吶的，不知如何應答，眼前的兒子何其陌生！我寧可他跟往常一樣，亂七八糟地吐槽，他卻一發不可收拾地滔滔敘說著自小至大的種種感動。我沉默地聽著，心裡有些激動，更多的卻是不安：「這孩子到底發生了甚麼事？」或者因爲太晚，神智有些不清；也或者是過分擔心，我簡直沒辦法集中精神歸納分析他話裡的玄虛，我只提醒他：

「只希望你每做任何事，都不忘父母的懸念、掛心，不讓父母操心。我們會無條件愛你所愛，也希望你努力將心比心、憂親所憂。」

那夜，磨蹭到三點多鐘，經我再三保證了解他的愛後，兒子才依依不捨地放我去睡覺。翌日，外子聽說後，憂心地說：

「會不會是工作上遇到了甚麼難以解決的困境？抑或女朋友移情別戀？……我們得多費心了解，免得造成無法彌補的憾事。」

中午，打開電腦，一封纏綿悱惻的 E-mail 呈現在眼前：

今晚跟媽媽聊天很開心，欲罷不能。以前，有好多次，感謝的話已然掛在嘴邊，卻又一溜煙的溜了回去；昨晚，二十五年來沒講的話瞬間爭搶著從舌尖彈出。您說您都知道，只是需要做些心情的調整，您們永遠都會給我支持。您故作堅強，淚水溢滿眼眶微紅的魚尾紋。我哭了！就像是大孩子般的哭了！依目前的情勢看來，我還有很大的空間讓自己正點，don't worry! though I know it's impossible，我多希望能像小時候的照片上的我，總是像個娘們似的依偎著您們。您們對我的愛，是我一輩子都無法回報的，我能做的，就是讓您們知道，我過得很好。物質方面，還很難講；但心靈上，我肯定是富足的。這個讓您失眠多少夜的大男孩，要繼續乘著翅膀飛翔，那也是您把我生出來的目的。您的害怕，我知道。媽媽！別怕，我愛您！

談話過後，內心的喜悅，現在無法形容，也不想形容，只想好好感覺，那睽違已

久屬於自己的感覺。感謝您一直以來的提醒與照顧，我的心，一輩子將都會是屬於您們的。二十五歲是個尷尬且矛盾的年齡，也正因如此，我正享受這尷尬與矛盾給我的感受。just wanna thank you。您們把我生得太正點了，謝謝！

希望依舊是您們的愛兒的含識

顯然，昨夜，兒子在我入睡後，又伏案寫了這封信，可以想見他對那一番談話有多麼慎重其事。然而，到底是爲了甚麼呢？夫妻兩人日思夜想，不得要領，開始戰戰兢兢地仔細觀察他的一舉一動，唯恐出了甚麼差錯。可是，日子一天天過去，好像也沒甚麼具體的變化，先前警戒的心情又逐漸鬆懈了下來。直到一個半月後的晚上，我和外子陡然想起兒子竟外宿多日，未曾回家，兩人一琢磨，這才恍然大悟！原來他是爲搬出去自立門戶鋪路，他怕我一時之間承受不住，所以，先行給我打預防針來了。

「可是，他未免太抬舉自己了！我巴不得他趕緊搬出去哪！」

我一邊在背後調侃著兒子，一邊不由思想起三年來的種種扞格奮戰。自從兒子常在星期六深夜出沒台北的夜店起，我便患了嚴重的焦慮症，每每擔心他會在哪一個不提防的深夜出了甚麼事！所以，每隔一段時間，焦慮蓄積到無法遏抑的階段，我就會在夜深的客廳裡，對著晚歸的兒子咆哮：

「你難道就不能可憐、可憐我，改變一下生活秩序嗎？不然，請你趕緊搬出去住吧！再這樣下去，遲早你們要到精神病院去找我。」

那段日子，我的神經持續緊繃。兒子總勸我去看心理醫生，堅持他一個二十多歲的男子過自己想過的生活是再自然不過的事，做母親的不該用威權或乞憐的方式企圖干犯子女的生活。我們反覆辯證，以各自訓練出來的犀利的邏輯，相互抓漏，直到雙方都精疲力盡，委頓地靠在牆角，一句話都不想再說爲止。兒子最後總會垂首嗒然問我：

「我搬出去住，您就眞的不再擔心了嗎？」

我也總是狠心地說：

「當然！如果你堅持不修正生活規律，我只好眼不見爲淨。」

就這麼反覆拉鋸了三年，他終於當眞將我的要求付諸行動了。我心裡竊喜，幾年來的心腹之患總算得以解除了，我終於可以不必在深夜的客廳焦慮的鵠候了！

於是，我坐下來慢慢回想懇談過後的這一個半月，雖然經過那夜大震盪式的溝通，他仍舊顯得小心翼翼。他以不著痕跡的方式，逐漸增加不回家住宿的頻率，並將衣服化整爲零，一件一件運走，然後，就在一不留神間，生米煮成熟飯，自立門戶已然成爲事實。想到這兒，起始的竊喜遂逐漸被惆悵所取代。我以爲我承受得了，其實並不然。那種感覺很複雜，明明知道兒女遲早要展翅高飛，放手卻如此艱難。兒子不愧是我的知音，因爲太了

解我這個做母親的心情，所以，不忍就走，而刻意花上許多的時間和耐心向我保證、和我周旋，直到我慢慢習慣爲止。一向大而化之的兒子在這件事上的細心體貼，讓我思之不覺眼紅心熱。看來，我必須體認兒子已然長大的事實。然而，鬆開手何其難啊！

其後，兒子有時會在下班的途中打電話回來探問。

「家裡有剩菜嗎？我可以回家吃晚飯嗎？」

「當然有啦！趕快回來。」

常常，掛下電話，外子和我不約而同從椅子上跳起來，急慌慌地衝向一點剩菜也無的廚房。退冰的退冰、洗菜的洗菜，鍋碗瓢盆一起總動員起來。因爲放手眞的很難，所以，我們希望以熱騰騰的飯菜迎接兒子自立門戶後的每一次歸來，讓每隔一陣子的牽手，掌心裡都仍保有前一次的溫暖。

——原載二〇〇四年十一月《講義》雜誌

陪你一起找羅馬

那年，你十八歲，提起簡便的行李，毅然投奔住在洛杉磯的表姊，我的心情簡直忐忑到極點。你和表姊不過一面之緣，竟然敢迢迢奔赴，我和你爸爸都爲你的勇氣感到驚異。然而，也確實沒法子了！聯考失利，前途茫茫，你說希望我們給你一個機會到外頭去闖闖看，我心裡雖然害怕，但眾裡尋它千百度，卻也找不出另一條路讓你走。

臨行的前一晚，哥哥怕久未謀面的表姊不認得你，熬夜爲你掃描正、側面照片，用E-mail寄去，免得你在機場無人認領。從那以後，你用著貧乏的語彙和可笑的英文文法在異邦求學。從表姊家到homestay，從語言學校到社區大學，一年三季，每季開學，電話鈴響，最怕聽到的就是：「我把『海洋學』Drop掉了！」「我又把『政治學』Drop掉了！」我當然知道用中文念理化都不及格的你，用英文念海洋學是如何的困難。然而，既然選擇，只有硬著頭皮往前走。你在美國和學業做困獸之鬥，我則徘徊在台北的街頭和網路間，一邊替你找尋政治學、海洋學的中文譯本，一邊用頻繁且溫暖的電子郵件幫你打氣，希望你能越挫越勇。然而，期望總是難敵現實。

兩年多後的一個中午，例行的問候過後，你忽然在電話那頭怯怯地試探：

「我實在讀不下去了，我可以回家嗎？」

雖然也覺得放棄可惜，也想鼓勵你堅持下去，卻聽出你聲音裡的顫抖與不安，立刻回說：

「當然可以！明天就回來吧。」

我感覺到你的心情似乎一下子得到釋放，且笑且哭地回說：

「哪有那麼快！至少得等這期念完吧！……媽！你眞的不介意嗎？這樣會不會沒面子？」

面子？誰的面子？我的？那大可不必顧慮，媽媽的面子不掛在女兒的身上。

「只要你自己想好就好，我們只是給你一個機會試試。既然努力試過，就沒什麼遺憾的。」

「我不是讀書的料，我非常感謝爸媽花了這麼多錢讓我出來，回去後，我會立刻找個工作，您不用擔心。」你語帶哽咽地說。

我們從來不認爲讀書是唯一的路，找一份工作賺錢也不是壞事，但是，怕太熱心附和，會造成你的心理負擔，我沒有在這件事上搭腔。一個月後，你拖著增添好幾倍的行李回到台北。夜晚十一點才放下大包小包行李，你急急上網尋找機會；十二點，你告訴我們明天將去應徵工作；次日，由你爸爸陪同去面談，你得到了平生第一份工作——秘書，眞的履踐了「立刻」找工作的諾言。任職的公司從事的是移民仲介，你到美國學得的英文尚未派上用場，先就癱在郵寄大批資料。在職的兩星期間，正値盛夏，你常常汗流浹背，小跑步回家尋求父親的援助，體弱易喘的你，紅通通著一張臉，請爸爸用摩托車載運，一人工作，兩人投入，兩個星期下來，人仰馬翻，加上英文仍是困難重重，你才知道進入社會並非易事。於是，輾轉歷盡辛苦，終於還是決定重返校園。

進入外文系就讀，是你人生的另一個轉捩點。仰仗著這些年在海外培養出的勇於討論的習慣，你大膽地發言，勇敢地表達，參加話劇公演、英語演講，意外得到許多的獎勵，一個自小學開始便慘澹得無以復加的求學生涯，好似開始逢凶化吉，呈現了嶄新的希望。大二結束那年夏天，你從學校飛奔而至，興奮地用著顫抖的聲音

告訴我們：

「你們一定不相信，我今年學業成績是全班的第二名，可以拿八千塊的獎學金。媽！我不行了！我高興得快瘋掉了！」

當時，我坐在客廳的沙發上，望著盤坐在另一邊的爸爸，兩個人的眼眶，霎時都紅了起來。天可憐見！我可憐的女兒，從國小起，就在課業上不停地受挫，小學時，成績永遠跨不過四十五名的關卡，在我們愁眉不展時，還振振有辭地辯稱：

「我至少還贏過兩位同學哪！」

這樣的你，一直視讀書爲畏途，永遠尋不到學習的快樂，我們總是陪著你傷心，安慰你：「下回我們努力向四十四名邁進！」中學的畢業典禮上，疼愛你的幾位老師深知你的課業成績不理想，不約而同安慰我：「這麼可愛的孩子，不用擔心！條條大路通羅馬啦。」當年我苦笑以對，心中惶惶然，不知屬於你的羅馬在哪裡。沒料到就在這不提防的午後，竟被告知一直被認定有學習障礙的你，居然在大學裡拿了獎學金！

前塵往事像倒捲的影片，一幕幕在腦中飛過，閃閃爍爍：

小二時，你被診斷出罹患嚴重的弱視，一紙診斷證書，解開了你既不愛看書也不愛看電視的謎團。於是，我們每星期定期迢迢從中壢開車北上，到台北長庚做弱視畫圖治療，足足半年，終於將「戴上最深的眼鏡都看不到〇．五的視力」提升到一．〇；接著，發現你手眼不協調，對兒童來說易如反掌的跳繩動作，你在爸爸鍥而不捨地教導、陪伴下，足足練習了幾十天才成功。騎三輪腳踏車也老往同一個方向偏去，有好長一段時間，你那位苦心孤詣的爸爸，咬緊牙關，在中正紀念堂裡扶著你和兩輪腳踏車，跌倒了又爬起，練習了又練習，那樣的身影，任誰看了都會鼻酸不已。而你終於學會騎腳踏車的那日，父親老淚縱橫，仰天笑說：「誰敢說我的女兒不行！」撩起褲管，才發現爸爸雙腿內側挫傷得血跡斑斑。

醫生說你的感覺統合能力不佳，必須加強運動，以促進前庭的發展。母女倆乖乖地日日早起，利用東門國小的運動器材，勤練從滑梯高處趴臥滑板衝下的運動，直到精疲力盡，汗如雨下。我蹲下身子，對著十歲不到的你說：「人一能之己百之，人十能之己千之。」乖巧的你，不知聽懂了沒，卻總是聽話地一次又一次地重複練習，從不討饒放棄。接踵而來的是氣喘的折磨，小小的感冒往往能讓你暈得天旋地轉、喘得求生不能……從小到大，大病、小病不斷，你練就了不怨天、不尤人的堅強，病魔來襲時，最心痛聽到你形容病情並安慰我：

「屋子怎麼老向一邊傾斜了過去？媽媽的臉一圈又一圈的往遠處跑去。……不過，媽媽不用擔心，趕快去睡吧！我保證很快會好起來的。」

這樣孱弱多病的孩子，做父母的怎忍心在課業上再做求全！我們最大的希望，就是無病無災、平安快樂。所以，雖然偶然也會爲將來可能無法在職場上和別人一爭短長而擔心，但想到你一向的貼心乖巧，總又安慰自己：「老天豈會絕人之路！」祂在這兒關了一扇窗，一定會在另外的某個地方開另一扇，而窗子開在哪兒，就等有耐心的人去細細尋索了。

仔細回想，赴笈海外的兩年多，看似鎩羽而歸、前功盡棄，其實不然。除了仰仗著長期在英語世界的濡染，你考上了外文系外；在海外凡事自己來的獨立精神的培養，使你開始思考將來要過怎樣的人生。你有計畫地在暑期參加各項進修，陸續學會騎摩托車、開車，受訓拿到英語教學種子老師的執照、學會錄影帶的剪接技巧，加上在高職學習到的資訊處理，你迥異昔日傻呵呵的女兒，已經具備了不錯的應世能力。前些天，你在和導師的聚會裡，跟老師討教大學畢業後的繼續深造問題，你說：

「我想跟媽媽一樣，在大學裡教書。」

雖然事情並不容易，我卻爲你的志氣感到驕傲。說實話，我們簡直不敢相信，眼前的女子就是當年在學校時永遠衝不破全班倒數第三名難關的孩子！如果今天你能，有什麼樣的孩子應該被放棄！我常和你戲稱：「如果你眞的闖出了屬於自己的一片天，那我的教養理論便得到正面的實證與肯定，媽媽有關親子教養的演講將因之水漲船高！重要的是，你過得快樂嗎？」

你忙不迭地回說：「回來眞好！在父母身邊，眞的感到非常幸福哪。」

你回國後兩年，我們全家人有機會到美國重遊舊地。艷陽天，你神情亢奮，在租來的車子裡，指著窗外，一一介紹你當時的生活，我才知道你經歷的是怎樣的寂寞！

「那是我常去的百貨公司，星期假日，不知道要做什麼，一個人只好去逛逛。你看到的我帶回去的許多廉價打折貨，就是在那裡買的。」

我的眼眶驀地紅了起來！回想你攜回台灣的行李數倍於當年帶出國，整理時，我訝異地發現許多東西竟成打地出現。眉筆、壁燈、髮箍、小刷子、眼影……我邊整理，邊感嘆你不知民生疾苦。你囁嚅地回說：

「成打地買，較划算，我逛街時遇到大折扣，不買可惜，都是便宜貨。」

一樣一樣的小東西，在在見證著你浪遊無根的寂寥，而我不察，竟不時興奮地向你報導假日時如何和爸爸的畫友們出外冶遊。

「那是我常去的公園，常常有老人在那兒曬太陽，星期假日無聊，我有時候就到那兒和他們一起曬太陽。」

天很藍，太陽在樹梢上閃著耀眼的光，聽著、聽著，我的淚靜靜順著雙頰流下。不善人際的女兒，在語言熟練的家鄉就曾經飽嘗交友的困難，更何況在人生地不熟的異邦。念書之外的漫漫時光，她和佝僂的老人一起在公園裡曬太陽、想家鄉。

你堅持帶我們去你當年常去打牙祭的一家日本拉麵店，你指著靠窗的位置告訴我：「這是我常坐的位置。拉麵還附送炒飯或煎餃，想家的時候，我就來這兒叫一碗拉麵，靠著附送的蛋炒飯平息想念媽媽的心，這兒的 waiters 都對我很好哪。」

我一口麵也嚥不下，摩娑著你坐過的桌椅，向店裡中氣十足的喊著「歡迎光臨」的年輕侍者們深深一鞠躬，感謝他們在異地爲你提供讓人安心的溫暖。那回，從美國回來後，我才被我當年的孟浪、大膽所驚嚇。斗膽將一個不諳世事的弱質女兒送到千里之外的地方，幸而無災無難地回返，若是其間你發生了任何的意外，我將要如何的引咎、自責且悲痛萬分！幸而平安地回來了，眞好！雖說暫時的離巢，成就了一位獨立自主的女兒，但是，從我們一起重遊舊地歸來的那日起，我忽然開始罹患強烈的相思病，你已然回到身邊，卻才是思念的開始。你一定覺得奇怪，媽媽忽然變得格外纏綿，珍惜和你在一起的每一分鐘。啊！做媽媽的心情是複雜得理不清的，我是在設法將那分離兩地的九百多個日子一一重尋回來，而且，無論如何再也不肯鬆手讓你獨自展翅高飛。

今後，不管晴天或下雨，要找屬於你的羅馬，爸媽陪你一塊兒去。

——原載二〇〇五年一月三十日《中國時報・人間副刊》

學會跟世界接軌

爲了陪阿嬤打發無聊的時間，全家人破例開始學習打麻將。

不愧是國粹，學問不小。大夥兒慢慢琢磨，日益精進牌藝。人入初老之年，才和麻將建立關係，先天上便吃了虧。在詭詐的人世裡虛與委蛇久了，總覺得每張牌後面都潛藏不可測的陰謀。因爲步步爲營、思慮再三，和阿嬤年老緩慢的動作，竟不謀而合地搭上了節奏。爸爸、媽媽和小女兒，三人都屬新手，阿嬤則是老化後的混亂，四人上桌，一圈麻將打到地老天荒，從陽光亮晃晃直到夜幕四垂。偶有一旁觀戰者，簡直急到腦門充血、兩眼翻白。

因爲純屬陪老太太消遣，唯恐老人家過分緊張反而傷神，事先言明僅以花花綠綠的籌碼論輸贏，不涉及金錢往來。饒是這般，因爲事關顏面，四人還是全力以赴，毫不含糊。只是，畢竟有的太年輕，有的又已有了年紀，興奮衝動者有之，老眼昏花者也有之。亂喊「碰」的、少拿牌的、吃錯牌的，錯看條子、筒子的……因爲採寬鬆認定，一局下來，手忙腳亂的一再從頭來過。忘記碰的、漏吃的，儘管已經過了一輪，還容許還原現場、重新出牌；進行到半途，忽然發現少了張牌，就算牌局已接近尾聲，仍寬厚地允許再補抓一張……。總之，狀況雖然頻頻，精采不減，四人依然玩得不亦樂乎。牌桌上的墊紙邊上寫滿了每場廝殺後的戰績「阿嬤美國西裝——大輸六百元」、「爸爸小贏三十元」、「妹妹反敗爲勝十元」、「媽媽潰不成軍」……等。

一日，下班的兒子，臨危授命，替代必須出門的妹妹上桌。才坐下來不到五分鐘，已經不耐煩地催促了不下五十次的「快一點」，攪得桌上其他三人神經緊繃，亂成一團。兒子丟牌的聲音，響脆俐落，有著年輕幹練的質地，似乎是箇中老手，可全家人卻都想不起曾經有過甚麼樣的環境造就了他的熟練。更糟糕的是，無意間，被他發現輸贏居然不計代價，他大表不滿：

「打麻將不算錢？這未免太扯了！一點刺激也沒有，難怪你們亂搞一通，一點遊戲規則都不懂！」

他強烈主張必須提高輸贏的代價，才能激發人類潛在的鬥志。每台只有二十元？「連小朋友都不屑！」於是，他以內行人的高姿態，爲我們重新訂定規則：

「輸贏要拉大距離，而且要眞槍實彈，不能虛晃一招，否則大夥兒都胡作非爲，私相授受，明明都相公了還可以補牌！像話嗎？有人這樣亂來嗎？簡直是一場鬧劇！」

他義正辭嚴，講得我們羞愧萬分，只好從善如流。他將底價提高到一百元、每台爲五十元，他拿話激阿嬤：

「就這樣，不能再低了！……阿嬤！玩眞的沒問題吧？你應該不是那麼那麼輸不起的人吧？」

開玩笑！想你阿嬤當年也曾意氣風發，豈是猥瑣之輩！阿嬤一句：「驚啥！」立時將局面推入緊張刺激、萬劫不復境地。

然而，混亂依舊，起手再回的狀況不少。媽媽已然丟出的牌，想想不妥，想再趁勢取回，「不行！」一聲嚴厲的斥喝追上，怯生生的手只好抽回；兒子自己一時不察，胡亂喊了聲「碰！」，立刻掏出一台的罰款，自我處罰；阿嬤抓了牌，放進牌列中，整了整牌，這才發現根本已經自摸，「阿嬤，

這樣不算！犯規哦。」聲音雖然溫柔，態度卻相當堅定；爸爸把牌翻下、喜孜孜喊胡後，才發現搞錯了，訕訕然將牌重新砌起，「詐胡！這局從此不准胡了」……分明自摸，高興之下，手上抓到的牌碰到其他的牌，「不算！犯規。」自摸的麻將擺得靠進外頭池子，「也不能胡，這是慣例。」給阿嬤過水後還沒轉一輪，立刻喊胡，「不行！婦人之仁必須付出代價。」哇！酷吏復甦啊？不過消閒罷了，搞得這樣緊張兮兮的，眾人不服，提出申訴。

「沒得申訴！這是規矩。要玩牌，就得照規矩來，才能和世界接軌。」

跟世界接軌幹甚麼？就是玩玩嘛！我們又不去參加奧運比賽，急驚風似的！可是，兒子鐵面無私，嚴格執行。一回，媽媽不放心的數了數牌數，赫然發現居然少了一張，難怪怎麼兜都兜不攏！於是，駭笑著想從後方再行追補。

「開玩笑！牌是這樣玩的？願賭服輸，現在，你光守著別放砲就好，趁早打消求勝的念頭。」

媽媽不甘心，趁其不備，從尾端抓了支牌，兒子手腳極俐落，以迅雷不及掩耳之勢扣住媽媽的手腕，硬生生從媽媽手中挖出那張牌。媽媽半撒嬌，半動之以情：

「我是你媽欸！你就通融一下吧！人家忘了補嘛！」

「不行！打麻將怎麼能通融？有一就有二，此風不可長！一開始就要嚴格把關，立下好

的制度，將來若是出去跟別人玩，才不會被人恥笑。賭徒是不管父子母女親情的，眾生平等。」

「我才不會出去跟別人玩！不過陪你阿嬤殺時間而已，打牌還要立甚麼制度，又不是立法院。……啊！這算甚麼消閒，根本是玩命，會心臟病發的。不管！把牌還我！」

兒子不理，逕自催促大夥兒加快速度：

「速度太慢了！這樣沒辦法跟世界接軌。」

「接軌個頭啦！這麼嚴苛跟共產黨有甚麼兩樣？」

兒子依然不理，緊緊看住媽媽蠢蠢欲動的手。媽媽生氣了，兩人在牌桌上搶牌，相持不下。媽媽氣憤地說：

「我養你二十幾年，就讓我補一張會怎樣？養兒還沒防老哪，先就要氣死老媽呀！」

阿嬤看不下去了，轉頭訓斥她的女兒：

「汝哪會這尼番！阮孫不是給汝講過了，要學會跟世界接鬼啦！……是講，……把鬼接落來是要做啥？……啊？七月時快要到了，安捏敢好？」

——原載二〇〇六年七月二十六日《聯合報・副刊》

一只名牌包

義大利足球隊勇奪世界冠軍後的幾日，兒子奉派到義大利出差。他興奮地朝我說：

「星期五晚上到義大利，接著有兩天的星期假日，我可能到米蘭逛逛，也許會趕上他們百貨公司慶祝世足賽冠軍的折扣戰，你想要我買些甚麼嗎？儘管說，沒關係！」

我驚喜莫名！上回託他到新加坡幫阿嬤買瓶青草油，他露出不可思議的表情，簡直要嗤之以鼻。而為了那瓶在台灣要價六十元的青草油，他跑遍新加坡的大街小巷，和我通了不知多少國際電話，只為證實「是要油狀還是膏狀的青草油？」事後直呼「下不為例」，沒想到這回居然又自投羅網來了！既然如此，機不可失，我可得好好把握。

可是，該買些甚麼才好呢？腦中才浮起阿嬤最信奉的義大利製「維骨力」，就聽到兒子下達指令：

「這回別再叫我買那些落實亞洲病夫的藥品了！買些跟得上世界潮流的東西吧！」

原來國際化得從購物始！我絞盡腦汁，女兒獻計：

「買個名牌包吧！Gucci或Prada都不錯，對中年女人還滿適當的，你常去演講，帶一只名牌包會讓你顯得更有信心，也更具說服力。」

因爲事情迫在眉睫，我一時還來不及思考名牌包與信心及說服力的眞正關聯，但是，虛榮心倒眞是被挑起來了！於是，拍板定案，就是名牌包了！兒子也當機立斷指示：

「你先上這兩家公司的網站，去挑選喜歡的皮包型號，再E-mail給我，出差途中，我會不時察看信箱的。」

於是，我遵照他的指示，用電子郵件寄了兩款價位還算可以接受的Prada皮包圖案給他。很快接到他的回函，說：

「這一個Prada的還滿醜的，也許Gucci的會比較好。」

我又上網察看Gucci，又寄過去一款，他仍舊不滿意，說：

「太保守了！你要勇於嘗試新型式，別老是提同樣款式，我看這和你平常提的雜牌包也沒啥兩樣！」

我覺得奇怪，到底是誰要買皮包？是誰要提的皮包？他的意見怎麼那麼多？但是，請託人家千里迢迢提皮包回台灣，可不是件輕鬆的事，還是得照顧一下恩人的愛憎。於是，我全權授權，阿諛他：

「那就麻煩你挑選吧！我信任你的審美觀。」

兒子到達義大利那夜，不但意外地沒有看到慶祝活動，還掃興地趕上了他們的罷工潮，兒子在機場鵠候到凌晨，才得到一位機場員工的同情，應允讓他搭便車到投宿的旅店。即使如此，也沒有減損兒子的興奮，小睡片刻後，便搭車前往米蘭。

在米蘭的精品店內，兒子再次來電確認皮包大小，我告訴他：

「不要太小，總得能裝下一些必備品，女人嘛！就實用些的。」

沒五分鐘，電話又來了。

「我已幫你相中了兩款皮包，一款咖啡色，較傳統；一只銀黑色，比較炫一點，您就做個決定吧。」

爲了拉近和年輕人的距離，我立刻回答：

「當然是炫一些的囉！我豈是老古板！越新潮越好。」

兩分鐘後，電話又來了。

「價錢是一千零五元，行嗎？是當季新款，台灣還未必有貨哦！」

「可以！可以！沒問題，就買了吧。」

我爽快的答應，心想，在出產地買名牌果然划算，眞便宜。兒子接著說：

「是歐元哦！要不要再考慮一下？」

「歐元？那折合台幣是多少？」

當我得知一只皮包要價台幣四萬多元後，電話隨即陷入短暫的沉默。我的腦子在迅速的運轉過程中，得到這樣的資訊：

「我辛苦了一輩子，兢兢業業地工作，當老師、寫稿子、出書、演講，買一只名牌包過分嗎！到處有人提著動輒幾十萬的名牌包跑來跑去，偏我就不行？可惡！誰怕誰！」

經過這一自我激勵，我變得理直氣壯：

「買了！不用再考慮了！」

於是，我終於擁有一個聽說十分新潮的名牌包了。簽帳過後，兒子又打了電話過來，氣勢陡漲。他說：

「已經給它簽帳下去了！……媽！從簽下一只四萬多元的皮包後，心情忽然產生一種奇怪的變化，說不上來是什麼，只是驚疑往下的行程不知會闖出什麼亂子來！彷彿再也沒有什麼能阻擋我了。」

聽他這麼一說，倒讓我想起唐人變形小說〈李徵〉。李徵罹疾發狂走山谷中，一會兒工夫後，以四肢著地而行；接著，「自覺心愈狠、力愈倍」，剛開始還節制著，心裡掙扎著，沒多久就忍不住開始衝動地吃起人來了。而自從吃過第一個人後，接續下來便沒什麼心理負擔，把吃人的事視若稀鬆平常，這或許就是兒子當時購物的心情寫照吧！

接著，我們就開始等待這隻變形的食人虎帶著我的名牌包凱旋歸來，我有些擔心他會不自量力地吃撐了肚子，事後證明我的擔心不是空穴來風。

在巴黎戴高樂機場轉機的空檔，兒子告訴我，因爲我那只名牌包實在太大了，裝不進原先的皮箱內，他只好又另外添購了一口昂貴的新皮箱來裝它，我笑他爲自己買太多東西找藉口，一點也沒拿它當眞，女人的皮包能有多大！

當兒子出現在家門口，從新買的大皮箱內掏出我那只傳說中的名牌包時，我眞是被實實地嚇了一大跳。果眞是個既貴且重又大的皮包！果然是需要再添購個大皮箱才能解決問題。

說實話，乍看這只皮包，眞有些失望。銀黑的顏色，在我看來顯得老氣，兒子卻說：「你老是提純黑、白或咖啡色皮包，太老氣了！這個顏色很特別，亮亮的，看起來炫極了！」

亮亮的、炫極了？這樣的措辭讓我覺得十分納悶。銀黑的亮色，在我們那個年代，是俗氣的歐巴桑才會穿戴的，居然被現代的年輕人稱之為「炫」！我納悶是時尚開始復古？抑或兒子的審美觀大有問題？不過，我立刻回想起一回不留神間被美容師塗了可怕的灰色指甲油，居然被我的學生大加謬賞為「酷斃了」，還打算以我為例去遊說她那被認定食古不化、跟不上時代的母親。而兒子這個很炫的稱辭，當然還包括上窄下寬、葫蘆形狀的皮包外觀，這同樣被我視為古板、保守的造型，也居然成為他們眼中的前衛。這世界什麼時候變成這樣？難不成我真的已成過氣的人類？他口中的時髦，原來是我心中所想的古老。

當我這麼揣想著的時候，兒子又邀功地朝我說：

「大小如何？我特意聽你的話，選了個大些的。」

我佯裝愉悅，表示大小適中。事已至此，不滿意也無濟於事，這樣說，至少能讓兒子不至於太難受。其實，內心真正的想法是，我說「不要太小」，可沒說要「大一些」；我所謂的「不要太小」，指的是電視上社交名媛攜帶的那種只能裝一支口紅的晚宴包，我哪裡需要偌大的一口皮包，又不是要當米袋用！可見大小云云，在每個人的心中自有一套標準，當初更準確的作法應該是明確說明尺寸才對，可惜悔之已晚。接著兒子又表功：

「怎麼樣？很實用吧？你帶到學校，裝作文也好，帶課本也罷，都非常方便。」

我駭笑著，點頭附和：「實用！很實用！」平時以爲和兒子已培養出非常好的默契，因爲這一只名牌包的購買，我這才發現雙方的思想差距不可以道里計，誰說年齡不是距離！我所說的實用，絕對不包括裝作文及課本。拿著裝作文及課本的昂貴名牌包到學校？這哪裡是實用，根本是騷包。我所說的實用包，其實就是平常出門帶悠遊卡、信用卡、提款卡、貴賓卡、幾支口紅、一盒粉餅、一條小圍巾、車子屋子的鑰匙……的包包而已，雙方認知如此南轅北轍，是代溝還是個性不同所導致？我不停地思索著。

接續下來的大問題是，當我問他該還給他多少台幣時，兒子居然豪情萬丈地說：

「不用給了！送你的。」

貪小便宜的因子瞬間在內心蠢動，可又有些不安。我偷偷問外子：

「你覺得我應該堅持把錢還給兒子嗎？」

外子沉吟片刻，謹慎地說：

「這得要回歸當初的購買動機囉，是你託他買的，抑或他表示要送你的？如果是前者，你當然得要給錢，否則，以後誰敢幫你買東西？若是他想孝敬你，自然就不用囉！」

我立刻重返歷史現場，努力回想當初兒子是不是曾經提到「送」或「禮物」等字樣，失望地發現顯然沒有。「你想要我買些甚麼嗎？」變成一句充滿疑義的問話，可以多方解讀。到底是甚麼意思呢？只是問我要託他在義大利買些甚麼嗎？還是想要在義大利買一份禮物送我，問我需要甚麼樣的禮物？我反覆思索，不得要領。心情很矛盾，很希望它是一份禮物，這代表孩子的孝心，何況隱約也有一點貪心作祟；可是，禮物又實在太貴了，兒子賺錢才兩年餘，還是儉省一些的好。因爲，後來發現在刷完我那只皮包後，他還爲自己心狠氣粗地接續刷了同牌異色的襯衫一打和三雙皮鞋，我可不希望這只皮包變成他養成亂花錢習慣的元凶。我陷入天人交戰！

最終，理性到底還是戰勝貪心。我將歐元換算成台幣遞給兒子，兒子故意板起臉孔，正色道：

「開玩笑！給我錢？侮辱人哪！皮包當然是孝敬您的，要不然我幹麼不去路上隨便問別人要託我買甚麼？」

說實話，我眞是心花怒放。轉頭回看那只皮包，感覺竟然產生一百八十度的大轉變，覺得果然大小適中，又實用、又時髦，顏色尤其讓人驚豔！而且立刻忘記浪費、亂花錢等疑慮，感動得差點兒掉下眼淚，恨不能立刻將銀行裡的存款統統轉進兒子的帳戶。

——原載二〇〇六年九月《聯合報・副刊》

廚房裡的專制君王

母親十五歲嫁爲人婦，開始主中饋。她從未外出工作，一生的主要職場在廚房。燒菜做飯，對她而言，是婚姻、是事業、是一切。一直到如今八十六歲，仍掙扎著據守廚房，唯恐失去這塊賴以維生的基地。十年前，我的大嫂大膽向她說出心裡的話：

「媽！我做菜的時候，你能不能不要待在廚房內，這樣，我的壓力會很大哪！」

母親氣得好幾個月不跟她說話，逢人便訴苦：

「講啥猶話！叫我不要看伊做菜！有啥米壓力？我是安怎苦毒伊？」

大夥兒聽了，全都笑開了，紛紛表示感同身受。一位對做菜既講究又興致勃勃的婆婆老站在背後虎視眈眈，任誰都要膽戰心驚、手忙腳亂。她不信！說我們合著欺負她老邁，分明是嫌棄她！

母親的飲食觀，經過幾十年的醞釀、斟酌、催發，轉成一種類似宗教信徒的狂熱與堅持。吃甚麼菜，得用甚麼佐料；炒甚麼菜，得用甚麼爆香；甚至，蒸煮炒炸所需的時間、火候，切菜、切肉的刀工，都一絲不苟，一點也沒商量餘地。前些天，還爲了越傭炒A菜時，用薑絲爆香，氣得嚷著要將越傭遣送回去。無辜的越傭，流著淚辯稱：

「我的前老闆就是用薑炒菜，他們不吃蔥、蒜。」

我以個人口味不同，爲越傭求情，反遭她一頓斥罵：

「就算不吃蔥蒜，也不可以用薑片炒A菜！頂多不放就是了！世界上哪有這種老闆，打死我也不信！汝還爲伊的白賊話掩蓋，無采我飼汝這尼大漢！」

越傭無意間觸犯了她的大忌，就因爲幾片薑，毀了她們好不容易才建立起來的主僕和諧。在飲食上，母親的態度斬釘截鐵，只要和她理念稍有乖違者，一律被她打入異類，正所謂：「順我者昌、逆我者亡」，半句不由人分辯，在飲食世界中，她是絕對專制的君王，不談民主。

家人閒時聚談人生遇合或悲歡，她多半沒多大意見；逢說柴米油鹽，她的聲音立時變得又大又堅定，充滿了自信。早些年，身體尚且硬朗時，她堅持必須應景地在各種年節做出年糕、發糕、蘿蔔糕、各式鹹鹼粽子、湯圓……等閒不肯從簡。兒女散居各處後，她還不辭迢遞，分頭將做好的糕、粽南北遞送，有時甚至提著各種必備原料，趕赴各家，企圖實地傳授兒女獨門祕方。可惜，我們兄妹都疏懶，嘴上不吝甜蜜稱讚，眞正要實地操作，卻都嫌棄費時、費力，推託再三。其後，體力日衰的母親，也不得不向歲月低頭，逢年過節，開始以超市成品充數，好吃的廖家獨門絕活兒竟成絕響，母親無奈，只能藉反覆地回味來撐持場面：

「我做的蘿蔔糕，誰人不稱讚！以前過年時，一做三、四層，大家攏嘛搶著呷！庄頭仔內，誰人不知影！這陣，老囉！無法度囉！」

然而，語氣裡滿滿的心酸，是任誰都聽得出來。

逐漸地，一向手腳痲利的母親不但無法再負荷耗費體力的年節應景糕點的製作，也無法自由南、北奔走，於是，倚門盼望兒女歸來變成她的日常功課。電話那頭，虛弱的聲聲呼喚，常攪得我茶飯無心，只好放下諸事，驅車南下，和她並肩共食，哪怕只是兩人、一餐，她也要將廚房炒得香氣四溢、油煙蒸騰。飯後北上，她一貫從冰箱裡搬出聲勢驚人的魚、肉、果、蔬，幾乎將我的行李箱塞爆，彷彿我即將返回的是遍地饑荒的國度。不管身體狀況如何孱弱，只要聽說子女即將歸來，母親的反射動作，就是打起精神，挺起腰桿，抄起菜籃，走去市場，奔進廚房。這每每讓我想起日本導演伊丹十三所拍《蒲公英》裡那位病入膏肓猶且掙扎著起來炒飯的家庭主婦。傳統母親對子女的關心，一逕在食物中打轉，我的母親做了最具體的見證。

母親的強悍見諸對廚藝的自信掌握；而母親的日益衰弱也在廚房裡最見分明。從燒鍋、忘火，到做菜時氣急敗壞、手腳趕赴不及，成天在洗碗槽前刷洗燒焦的湯鍋、垃圾桶中不時傳出腐敗的丟棄食物氣味。母親眞的老了！子女憂心，強制輪流邀請至各家居住。每每不到數日，母親就負氣叫車載回老家，理由不外：

「呷一點味素敢就會死？呷著無滋無味，恁阿嫂煮的菜敢可以呷哩？」

「一日到闇攏總呷瘦豬肉，一點肥的也無，韌餔餔，叫人是要安怎呷落去？」

「青菜炒到爛糊糊，是要安怎呷？」

母親的味蕾經過長期的餵養，已然形成一套頑強堅固的體系，外人入侵不得，自己供

養乏力。她進退失據，在垂老之年，陡然陷落到陰暗的井底，四顧茫然。因爲如此，她變得越來越古怪，成天站在廚房內發號施令、生氣、罵人，再也無暇也無心到客廳和人談笑。請來的外傭一個個因爲廚房細事，諸如碗盤放置不當、微波時間過長、爆香材料不當、絲瓜切出的模樣不好看等原因，被遣送回去。兒女屢勸不聽、束手無策，母親卻振振有辭：

「外傭主要就是來奉待我，最基本的煮飯都不曉，是要安怎使用？恁攏不知我的艱苦，這些外勞這樣苦毒我，恁還替伊講話！這個世間還有啥米道理倘講。」

她和外傭兩相折磨，一位外傭因此在一個月內狂瘦六公斤；另外一個外傭則讓母親在半個月裡體重銳減三公斤。爲了廚房的諸多不順心，母親的世界狂亂、崩毀，變得亂糟糟。一回，在外傭被遣送回去的次日中午，我去電關心，電話中，母親忽然哀哀哭訴：

「我已經無路用了呀！豆干絲切不細，連炒一盤青菜攏炒到臭火燒，我是要安怎才好？我已經無法度再做菜了呀！」

我聞之心惻難當，放下電話，忍不住放聲大哭。

我的母親，曾經如此美麗、強悍，在廚房內煎炒煮炸，認眞餵養七張黃口，直到前年除夕，還在我的廚房內虎虎地變出滿屋子的雞鴨魚肉和各色年菜，誰知才不到兩年光景，竟衰老到再也走不進廚房！專制君王老矣！生猛和老邁在廚房內歷歷分明，雖說早知天地不仁，以萬物為芻狗，但我還是不免為人生的酷烈驚心不已！

或許因為目睹母親的困境，萌生不自覺的反動，我逐漸在吃食上顯出刻意的隨興。白切肉、蛋花湯加上炒空心菜，就是人間美味。蔥價上揚之時，不用蔥也不覺惆悵；蘿蔔湯缺了香菜，也沒什麼大遺憾；茄子少了九層塔，照樣狼吞虎嚥；豆干絲切得像板條也無所謂。這些母親視之為千古恨事的，我全不放在心上，唯一的堅持，只是「無飯不成歡」的習慣。我的吃食哲學幾乎簡單、粗俗到可恥地步，母親覺得調教出這樣的孩子，即使是拿到博士學位或升等教授，都是她的教育失敗。而我之所以這般胡調廝混，吃食從簡、從權，其實是有難言苦衷，深怕重蹈覆轍，像母親一樣，臨老還要被不肯屈服的口腹宰制，在進不去廚房後，也同時宣告轉不回客廳。

——原載二〇〇六年九月號《飲食》雜誌

大食人間煙火

從星期一起，連續幾天教學、研究、演講、寫作……等遠離柴米油鹽的談文說藝後，星期天，我大食人間煙火。

自從週休二日後，星期天成為戰鬥力的儲備時間。相較於星期五晚上、星期六的萎靡及休養生息，星期天的我，奮發有為，蓄勢待發。一早，我未泯的良知隨著晨曦升起，逐漸復甦。通常我會在此刻痛下決心，於廢弛家務六天之後，誓言重新恢復賢慧家庭主婦的角色。於是，懷抱悔愧、贖罪念頭，取出紙筆，開始擬定新生活計畫。

「整個星期沒見面的兒子，也許會想要回家和可憐的父母聚聚吧？」首先躍上腦海的，一逕是久違的兒子。因為思念，我自我催眠著，假裝養了個纏綿悱惻的孝子。於是，計畫的第一章，理所當然訂為〈買菜篇〉。我英氣勃勃，為了有機會取悅兒女，儘管這個機會不一定眞會翩然降臨，但是，只要萬中有一，我是絕不會輕易放過的。然而，人無遠慮、必有近憂，為免希望落空，淪為悲壯的母親，為識者所譏，表面上，我總刻意唾棄「良母」，而以「賢妻」自期。

傳統市場的人馬雜沓、熱鬧滾滾是讓人很快從昏瞶中醒轉的最佳場域。爲了速戰速決，雖然出門之際，略略遲疑了兩秒鐘，終究還是決定和菜市場採取統一格調：脂粉不施，T恤、短褲外加涼鞋，和它來個素面相照。提著購物袋，心裡盤算著，眼睛四下掃射著。精瘦的肉攤老闆在市場的入口處笑臉迎人，他的眼光跳過我，逕自齜牙咧嘴察看身後是否尾隨他的大戶——我的母親。母親的大手筆早在東門市場引起高度注意。她每隔一段時間北上，最大的樂趣就是到市場採買，然後，呼朋引伴聚餐，天天在廚房內熱烈地煎、炸、炒、爆，搞得整屋子煙燻火燎。臨走，還不忘將我的冰箱塞爆，難怪不管賣肉、賣菜、賣魚的，明明看到的是我，問候的卻是她老人家！相較於母親的出手闊綽，我那小里小器的格局，自然無足觀。可我不氣餒！我的消費行爲屬於細水長流型，而且儼然有逐步向母親看齊之勢，遲早要讓他們刮目相看並悔恨今日的短視近利！

邊走邊瞧，除了魚肉蔬果之外，當然也不會錯過大聲吆喝的跳樓大拍賣。瓶瓶罐罐、鍋碗瓢盤，外加科技泡棉、各式提袋、廉價T恤、睡衣……我一路東張西望，信手拈來。雖然依據經驗法則，這些東西百分之八十以上，最後都會被原封不動地束之高閣。然而，爲了另外的百分之二十的機率，我百折不撓，並爲不惜血本地努力提升台灣低迷的景氣而感到無限悲壯。Shopping之樂樂無窮，只是，口沫橫飛、臉紅脖子粗地和小販激烈地討價還價之際，最怕身後忽然竄出這樣的聲音：

「您是那位《五十歲公主》的散文作家廖玉蕙嗎？」

公主五十本已蕭颯，淪落市場再添悽涼，更哪堪首如飛蓬、行止猥瑣！因此，爲了保全讀者美好印象，我總機警地聽若不聞，迅即狼狽躲身掩面，以奧運跑百米的速度，飛快離開現場。

落荒奔回，雖略感惆悵，但想到人生不如意事十常八九，値不得爲丁點小事懊惱，立刻又重振「雌」風，進行計畫的第二章〈整理篇〉。整理篇例分兩大類：一是試穿、試用，外加整理歸位；一是揀、摘、醃、調，外加材料搭配，食、衣兩大民生問題，分頭進行，絕不偏廢。看官千萬別小看這一章所花費的時間與巧思，搭配得宜，可以化腐朽爲神奇。一件不起眼的T恤，若是有現成合適的裙子及圍巾搭配，簡直可以巧奪天工；就像一盤材料普通的什錦，因爲刀工、色調及調味得宜，也可以成爲餐桌上色香味兼備的好菜。然

而，櫃子裡的廉價拍賣品經年累月的囤積，數量何止少數，只消取出幾件試試，便足夠讓觀者眼花撩亂；而幾樣不同菜色該如何定奪，也足以讓人搔首踟躕。舍下另兩名人口——外子及女兒，此時便成功派上用場，被迫排排坐權充識相的觀眾。爲了假

日的和諧氣氛，我事先坦言不歡迎說實話的烏鴉，歡喜盲目阿諛奉承的讚美。演員、觀眾既各司其職，星期天的午餐，自然無暇敬備，例以現購熟食草草應付。

午後稍事休息，便開始新生活計畫中最具建設性的第三章〈健身篇〉。租屋在外的兒子沒空參與，其他三口相偕直奔郊外的健康休閒中心。將頭髮紮起，換上俐落的運動衫褲，像逐日的夸父，在跑步機上做徒勞無功的奔走。看似科學的機器上，明白顯示消耗卡路里若干，可是，納悶的是，幾個月下來，體重依舊，瘦身渺茫。接下來的乒乓球大廝殺，好似一場絕地大反撲。平日溫文儒雅的外子，頓時變得殺氣騰騰，又狠又準地來來去去幾回合，絕不手軟的拚命程度讓人不由疑心是否積恨不消？我必須老實招認，這樣的觀察，對我平日舌辯時的橫潑及銳利度大有壓抑作用。偶有爭執時，不期然想起他那看似和緩的語調背後所可能潛藏的無限爆發力，立刻姿態調低、音量銳減、鋒芒盡去。

游泳和SPA是重頭戲。穿上緊身游泳衣的老老少少，裸露迥異的膚質與曲線：光滑細嫩者有之，凹凸有致者有之，枯瘦乾癟者有之，肥碩振顫者亦不乏其人，到此遍觀裸身，方知造物的不公不義。芳華正盛者恣肆地從池畔嬉鬧到池裡；體衰貌寢者則在泳池張牙舞爪地奮力向歲月索討已然遠去的青春。尤其在蒸汽室及烤箱內，一具具鬆垮的女體，乾枯多皺，或做著柔軟體操、或使勁兒按摩著、或閉目養神……無不冀望不羈的流光能暫緩發監執行的任務，以便逃過生老病死的輪迴宿命。而我，側身其間，流連青春、慨歎遲暮，也只能以莊子「懸解」之說，勉勵自己安時處順了。

黃昏掩至，計畫第四章名為〈大戲開鑼〉。

兒子電告回家團圓的消息，我壓制住忍不住上揚的嘴角，卻故示嬌嗔：

「呀呀呀！真是煩死了！幹麼回來吃飯哪，只會增加我的麻煩啊！」

說著，踩著輕盈的舞蹈步伐旋身進廚房，心裡偷偷歡呼：

「好傢伙！總算輪到我大展身手了。」

自從外子退休後，我在廚房裡的優勢不再。有時，黃昏回到家，發現四菜一湯，已然端坐餐桌上，竟有幾分不是滋味。到底在廚房裡獨霸了數十個年頭，一旦大權旁落，才知男人也非等閒，原來他隨「伺」在側久矣！幸而，多年琢磨與短期講習，功夫自是有等差。外子六天差強人意的表現，終歸只是「竊廚」而已，我總得伺機以優質的廚藝宣示廚房的主權誰屬。於是，蒸、煮、炒、炸加上激烈的煎、爆、悶、燙，我也開始和我母親一樣，把廚房的氣溫和氣氛搞得同等熱烈，這時才了然母親長年進出廚房，希冀以美食引誘兒女回家共襄盛舉的心情。

飯菜已然上桌，冰箱裡還敬備了好幾盒可口的小菜，就待兒子又喫又拿。豈知兒子又來一通電話：

「對不起！臨時來了個朋友，我沒法子回去吃晚飯了。」

眞是晴天霹靂！可我不願和當年我所唾棄的那些甘爲孺子牛的父母一樣表露失望，我望著桌上足夠餵飽一連弟兄的好菜，打起精神，故示輕鬆地朝外子說：

「誰管那兔崽子回不回家吃飯！他不回來倒好，留著好菜慢慢喫，這個禮拜你可以清閒些。……來！咱們別理他！」嘴裡這麼說著，心裡卻酸酸的。

新生活計畫的〈結語篇〉在夜裡的眠床上寫完。言簡意賅：

「下星期，兒子總應該會回來了吧！我得花點兒心思想想該做些甚麼好菜。」

——原載二〇〇四年八月十五日《中國時報．人間副刊》

叮叮噹噹和轟隆轟隆

孩子剛上小學階段，對聽故事最感興趣，當時，我正埋頭苦寫論文，眼中看的、心裡想的，全是唐朝的傳奇小說。黃昏時分，兒女下課回來，絮絮叨叨和我談著學校發生的瑣碎細事，我看似頷首微笑，其實神思不屬，猶自沉浸在光怪陸離、哀感頑豔的傳奇世界裡。於是，無論何時，只要孩子央求我說故事，我必然不假思索，向熟悉的唐人小說搬救兵。

兒子從小務實，對雲姑娘、貓媽媽、烏鴉叔叔……之類的西方童話故事嗤之以鼻，卻對中國奇幻的神怪小說百聽不厭。兄妹兩人對其中一則〈胡媚兒〉尤其大感興趣，聽完之後，還參與後續編撰，有很長一段時間內，母子三人各顯神通，熱中胡亂改編這則故事，給生活帶來許多樂趣。

神祕的胡媚兒，不知打從哪兒來，靠著在揚州街上耍把戲討錢。因爲手法奇妙，吸引了大批的人群圍觀。一天，他在眾人面前從懷中掏出一只琉璃瓶子，瓶子可容半升，裡外

透明，瓶口只有蘆葦稈子那麼粗細。胡媚兒將瓶子放在腳前蓆子上，然後，對著群眾說：

「若是有人肯施捨，能將瓶子裝滿就足夠了。」

因為瓶口太小，明眼人一看就知道錢幣投不進去，都不相信。於是，就有人拿出一百枚錢給他，胡媚兒接過之後，投進瓶內，那些錢叮叮噹噹地都進了瓶子，隔著琉璃望去，那些錢就像一粒粒粟米一樣，眾人看了，都大為驚怪！於是，陸續有不信邪的人分別拿出一萬、十萬、二十萬來投，甚至還有人挑戰胡媚兒，叫他讓馬、驢子走進瓶子裡去，只見瓶子裡的驢和馬都只有蒼蠅那麼大，而行動卻都跟原來沒有兩樣。

大夥兒正看得出神，一位稅官，正好趕了數十車的公物經過，也湊過去看熱鬧，等弄明白了原委，心想：

「我押送的這些龐大的政府公物，諒胡媚兒也沒偌大本事！我就來讓他漏氣一番。」

於是，就大聲說：

「有種就讓這幾十輛車連同載送的貨物都走進瓶子裡去吧！」

胡媚兒稍稍遲疑了一下，回說：

「只要你不後悔，沒什麼辦不到的。」

胡媚兒讓那只瓶子微側著，嘴裡大叫一聲，眾人就看到那列車隊「轟隆轟隆」一輛接一輛魚貫進入瓶子裡，隔著瓶子，可以清清楚楚看到那列車隊像螞蟻行軍般在裡頭走著，一會兒工夫，就漸漸看不見了。這時，一不留神，胡媚兒竟縱身跳進瓶裡。稅官一見情勢不妙，急得拿起瓶子砸向地上，想找回那些公物。可是，瓶子碎了，卻甚麼也看不見，只剩了著急跌坐地上的稅官。議論紛紛的路人終於逐漸散去，胡媚兒也從此從揚州街上消失。

其實，原始故事裡，一個多月後，胡媚兒又被發現出現在清河北，正往東平方向奔去，故事的結尾說：「是時李師道爲東平帥也。」因爲這牽涉到唐人小說特殊的創作意圖，很難和孩子說明清楚，所以，就略而不說。沒料到這樣無心開放的結局，卻開啓了孩子們無限的想像力。

聽完故事後，好心腸的女兒，成天爲稅官憂心，不時跑來問我稅官該如何交差？事後有沒有被「老師」處罰？一回又一回地，爲可憐的稅官設想不同的交代說辭；兒子則三天兩頭爲走進瓶子裡的東西加值、加量、加種類，並努力爲胡媚兒的去向虛構後續情節。不變的是，每回講到錢幣丟進瓶子時，兩個孩子一定開心地齊聲爲我配音：

「叮叮噹噹！叮叮噹噹！叮叮噹噹！……」

講到車隊走進瓶內時，三人又齊聲喊著：

「轟隆轟隆！轟隆轟隆！轟隆轟隆！」

母子三人就這樣又叫又笑的，樂不可支，他們也就在一次又一次的「叮叮噹噹」、「轟隆轟隆」聲中逐漸長大。

——原載二〇〇六年五月號《講義》雜誌

輯二

教授別急

教授別急！

應中和社區大學之邀，她前去中和農會演講。前一夜，她還上網列印地圖，研究路線，並多方請教車程所需的約略時間。課程從晚上七點開始，怕尖峰車流，她六點出發，預估的時間原本應該綽綽有餘的，卻因月黑風高，一時誤入歧途，上了八里、新店快速道路，等驀然回首，已身陷板橋。發現鑄成大錯後，她鎮定地想用最笨也是較可靠的方法——循原路而回，再重走一趟。誰知黑暗中竟然看到「中和交流道」五個大字的標誌，啊！這不就是她要去的地方嗎？她見獵心喜，不假思索，立刻往指示方向奔去！豈知一失足成恨事，眼見中和就在下方，卻怎麼也下不去！闃黑裡，只見閃閃爍爍的車燈像水流般一路蜿蜒而去，她被車流挾持著上了高速公路了！呼天天不應，叫地地不靈，時間一分一秒過去，她心急如焚，主辦單位的電話催促聲在高速路上聲聲哀嚎，她退守到路肩接電話。

「時間已經快到了，您在哪裡？」聯絡的男子高聲問。她四顧茫然，找不到任何足以辨識的符號。

「教授別急！慢慢來！我們會等您的。」

別急？男子的聲音高亢、急促，根本無法配合溫柔安慰的話。

她告訴自己，別慌！殺人也不過頭點地，又抓起方向盤，踩油門，看到安坑了。腦子忽然一片混亂，安坑？深坑？到底哪個坑較接近中和？還沒想好，已然錯過交流道。電話又響起來，教授到哪裡了？安坑。這回她顧不得守法與否，接了電話。「是往南還往北？」是啊！現在到底往南還往北？天啊！腦子像一盆漿糊。終於看到深坑，那到底意味著往南還是往北？她方寸大亂，差一點哭出來。

「那教授是往北囉！現在趕緊想法下交流道，再回頭走，中和在南方。教授別急！」

「教授別急！」隨著時間的流逝，男子的聲音越來越急，也越來越大聲。交流道上大堵車，寸步難行，她恨不能把車子摺起來拎著飛，「教授別急！我會先讓聽眾做做運動！」男子每五分鐘打一次電話，每一次的最後都用「教授別急！」做結語，她覺得男子比較像是在安慰他自己。

好不容易終於回頭下了中和交流道，以爲該是柳暗花明了，誰知才是嚴酷考驗的開始，中和的道路錯綜複雜得教人抓狂，男子企圖穩住軍心：「教授別急！」直走、有沒有看到岔路？……還沒有？有沒有看到……啊！已經超過了。「教授別急！請轉回頭，差不多兩百公尺再右轉。……有沒有看到麥當勞？」看到了！「有沒有看到金石堂？」看到

了！「附近有沒有一個保齡球館的大樓？」啊！真的看到了！「有沒有看到我們的接待人員？」沒看到哪！「怎麼會？你看看是中和路三十五號嗎？」瞇著眼找門牌，不是，是三百多號。

「天啊！相反方向了，再逆向轉回頭……教授別急。」

出發前喝下的大杯咖啡開始產生排擠效用。她告訴自己，雖然已經遲到，還是得先想法上個洗手間。「教授別急！」聽得出電話那頭的聲音越來越咬牙切齒，她的汗像雨般狂下，遲到四十分鐘了！「教授別急！」終於看到人了！她匆匆停了車，跑步奔進農會，鑽進電梯。

「一定得先上洗手間，否則膀胱鐵定完蛋。」

電梯門開，沒得迴旋，一百多雙眼睛齊齊射向她，有人拍手，有人歡呼：「終於來了！」主辦者的臉色鐵青，幾乎用推的將她拱上前方，她被一百多雙眼睛緊緊鎖住，動彈不得。洗手間去不成了，憋著吧，硬著頭皮上台。

這回輪到她告訴自己：「教授別急！千萬得穩住。」

——原載二〇〇五年五月十六日《聯合報‧副刊》

尋尋又覓覓

我的人生眞是無盡的浪費！除了教書、寫作和少少的聚談無聊的八卦外，幾乎大半時間都花費在找尋失物上。

失去的東西還眞不少！不知遺失在何時的青春、不知遺失在何地的友誼、不知因何遺失的愛情、不知如何遺失的健康……這些遺失的東西，因爲事關重大，常常非人力所能挽回，午夜夢迴，雖覺惆悵萬分，終究因爲篤定知道再也尋它不回，也只能象徵性以短暫的減肥、無謂地溝通或跑跑跑步機聊作微弱的掙扎，旋即心平氣和地和它們鄭重說再見。

眞正得花費時間努力去找尋的，歸根究柢，都和記憶無法脫鉤。而這些伴隨記憶而來的遺失，通常無法通融或等閒視之：丟了鑰匙，就進不了家門；丟了眼鏡，就無法閱讀；丟了手錶，就不知道時間；丟了課本，就上不了課；忘了密碼，就領不出錢來；忘了昨夜將車子停放何處，就到不了目的地；丟了電話簿，即刻失去聯絡方式；檔案不見了，無論論文或散文，心血一律付諸東流；像我這般仰賴工作手記本的人，若丟了這個要命的本子，不知要耽誤了多少事，可能在某一個角落有兩千人在禮堂裡枯等演講者，我卻還在家裡蹺著二郎腿喝咖啡；若不幸丟了學生的考卷，事情可就恐怖到極點！除了引咎辭職外，還眞想不出解決方案。我的母親今年高壽八十五，一天夜裡，吃了奇怪的安眠藥後，情緒波動，打長途電話給我，悲傷地說：

「汝若有閒，能不能打通電話給恁阿嫂，跟伊講我老了，記憶差了，才會跟伊辯論，請伊體諒我年老，在我說不對話的時陣，別對我太兇！我若不是記憶有誤，怎會強強跟伊辯呢？有一天，伊也會變老的嘛！到時陣，伊就會知道失去記憶的人有多可憐！」

母親一生記憶超強，乍然發現自己的記憶開始不牢靠，非常不能適應。找我訴苦，其實徒然，因爲她所講的記憶失誤，我從年少時便不斷發生且習以爲常。所以，我絕不敢輕易跟人家打賭，因爲經驗告訴我，我腦子的記憶體很小，十賭九輸。因爲記憶不好，成天爲各式各樣的東西尋尋覓覓遂成爲宿命。

首先，起床第一樁的尋找物，多半是眼鏡。報紙取上樓後，立刻展開眼鏡的追索程序。年過五十後，老花眼度數由淺至深，逐步尾隨，終至一離開眼鏡便無法閱讀任何文字。然而，並非長期掛在鼻梁上的眼鏡，總會無端離奇失蹤。早上在客廳看報時找眼鏡；中午在廚房邊做菜想邊看書時也得找；黃昏取信上樓後，眼鏡更是不可或缺；洗澡時，若沒有架上眼鏡看標籤，洗髮精或沐浴乳也常弄不清；夾帶雜誌如廁時，也常滿屋子找眼鏡。因為眼鏡居無定所，所以，感覺成天和我過不去。有時明明掛在鼻梁上，還問家人眼鏡何處去。前年到紐約訪問小說家李渝，臨走，看到門口桌上，擺了一、二十副備用老花眼鏡，不禁發出會心的微笑，深慶吾道不孤。

看完報紙，出門教書前，又得開始找鑰匙。汽車和研究室的鑰匙，看起來簡單，實則不然。幾只大小皮包的幾十個夾層，就夠我費上大半天摸索。何況鑰匙實在太多，家裡的、車子的、研究室的。家裡的還分大、中、內門及皮箱、保險櫃、信箱；研究室的還分大門的、乾燥箱的；車子的也分門鎖及遙控，因為種類繁複，常常牽一髮而動全局，我就曾因為開啟信箱而將一串家門鑰匙掛在匙孔上，引起小偷的對「號」入偷。這種常常遺忘的壞德行，系裡的秘書堪稱受害最烈。多次跟她商借我的研究室備用鑰匙還不打緊，最後連這些被借去的鑰匙，甚至有去無回。所以，其後，她寧可多跑幾步路，殷勤地幫我開門，打死也不肯再把備用鑰匙出借給我。

好了！鑰匙既已緝拿到案，接下來，最困擾的事才將要開始。出了家門，立刻一陣天旋地轉，怎麼也記不起昨夜下班後，將車子停放何處。因為沒有車庫，得四處打游擊，為防遺忘，每次都刻意牢牢記住車子停放的位置，而因為日日為之，且印象深刻，反而常常會混淆印象，昨日的、前日的，甚至是上星期的，都彷彿是昨天，又彷彿是更久遠的從前。那種感覺，非常奇妙，烈日當空下，每每提著重重的提包，在家裡附近的巷道間反覆遊走，時而停下腳步搔首踟躕，時而仰天長嘆、苦苦尋思，細心些的鄰居，當會懷疑我的精神狀況是否和附近一位長年在路上指天畫地的瘋婦一般。

車子雖難找，卻也不至於飛上天，總會在疲累昏倒路途之前，及時發現。最絕望的是搜尋遺失的電腦檔案。自從和電腦沾上了邊後，我有很長的一段時間（甚至現在還在持續當中），都花在找尋遺失的檔案上。剛開始學會電腦，約莫是十餘年前。當時Windows尚未發明。我正處於寫作博士論文階段，常常文章寫了幾千字後，忽然在一個懶洋洋的午後悉數失蹤，任憑你呼天告地，它就是對你不理不睬的。十多年過去了，類似的事依然如影隨形，怎麼也擺脫不了。有時不小心被覆蓋掉了，有時按錯了鍵，莫名其妙就不見了。經常在一陣電光石火過後，我的人生立刻變色。歷史經驗告訴我，如果此刻不爽利地乾脆放棄，而仍舊一意孤行，最終只是徒勞，然而，每次還是不死心地花上大把時間尋索，而果然不出所料地失望。

檔案失去或者是許多人的共同噩夢。但是，日常穿著的衣物丟了，可就十分耐人尋味了。一回，忽然想起一件有些時日未曾上身的白色襯衫，在衣櫥裡，找了又找，就是不得要領。外子提醒：

「會不會送洗後，忘了拿回來？」

眞是一語驚醒夢中人。我急急前往家裡附近的洗衣店找尋，老闆態度的猶疑，促使我

的立場更加篤定。我一口咬定，必定是擺在他店裡的哪個角落。老闆無奈，指著店裡約莫十長排的各色衣服，說：

「這些是篤定沒來拿回去的衣服，你自己找找看。」

說完，又轉身約莫四十五度角，指著另一邊大約兩三百件左右的衣服，說：

「吶！這邊是一年內還沒取回的。你要不要也順便找一找？」

天啊！我這才知道有多少曾經備受青睞的衣服，在歷經繁華後，竟被它的主人無情地遺棄。這些主人，甚至連衣服遺失了都不知道！往壞處思考，人們是越來越不知道珍愛惜福了！可是，往好處想，這不也正見證了社會的豐足，人們不是常說：社會有一些些的浪費也是挺不錯的！然而，站在這一排又一排的衣服前，又該如何翻找起，我只好頹然放棄。而這件最終被判定遺失的衣服，竟然在一個神清氣爽的清晨被女兒發現仍靜靜躺在我的櫥子裡。先前，雖然慎重其事地戴上了眼鏡，大張旗鼓地翻找，卻都沒有被尋獲。可見遺失的原來不是衣服，而是我專注的心思。

下雨天，誰不掉個幾把傘！因爲知道自己的前科累累，所以每年梅雨季節快來臨前，我總不忘添購若干把雨傘，分放時常出沒的三地——家裡、車上及研究室。梅雨季節過後，若能倖存個一、兩把，便覺萬幸。一回，下著小雨，我和朋友約著在城中的一家小餐館，臨窗聚談，雨傘就擺在窗外的桶子裡。一位路過的老先生，竟然順手牽羊，就在我的

灼灼注視下，順手抄走了我的傘。我張口結舌，即刻追出索討，老先生居然睜大了眼睛，大剌剌地問我：

「你怎麼證明這把傘是你的，不是我的？」

沒料到會有此一問，我一時語塞，只能眼睜睜看著他從容離開，帶著我的傘。是呀！怎麼能證明那把傘是我的？既沒有刻下名字，又未曾做下記號，我怎能告訴他：「我就是知道。」經常，我們會在曲終人散的大門口，發現現場只留下一把跟你帶來的雨傘十分類似的傘，或者根本就失去了蹤跡。我問過許多人的應對之策，有人滿不在乎，管他三七二十一，拿了就走，反正別人偷我的，我就偷他人的，管他是不是同一人；有人節操凜然，寧可天下人「偷」我，我絕不「偷」天下人，他寧可冒雨狂奔，也一「傘」不取。

關於遺失雨傘的最經典故事，莫過於在聯合文藝營發生的那一樁了。那年，上完課，準備回家時，忽然下起傾盆大雨。負責接待的小姐，順手取了一把傘遞給我，我問她當如何歸還，她竟說：

「啊！不必還了。這是你去年來文藝營上課時，忘在這兒的。」

我另外聽過一則有關雨傘的笑話，說是兩位有些年紀的人，相互抱怨記憶衰退。一位說，他常帶了傘出門，卻忘了帶回來。另一人接口：

「我最近也不行了！竟然沒帶傘出去，卻帶了傘回來。」

這時，我就不期然想起「貴公」的理論。我雖失之，卻有人得之，充其量不過一把傘罷了！然而，雖只是一把傘，節骨眼上沒了它，還眞是徒呼奈何。偏是無論你怎麼未雨綢繆，那預購的幾把傘永遠不會夠用，因爲它總會在不提防間，被集中在某一個你搆不著的處所。人在家裡，傘在車上；人在車上，傘在研究室；人在研究室，傘在家裡，像捉迷藏似的。

外子常常苦口婆心叮嚀：

「東西只要就定位，就可省下許多時間及精力，你最大的問題便是所有東西都居無定所。」

此話雖然有理，但有理的事未必就行得通。這就像大人責備孩子不夠用功，否則，應可考上更理想的學校。孩子哪裡不知道這個道理，重點是：「就是『努』不起來呀。」當然！我也並非不知反省的傢伙，有一段時間，也曾努力篤行對號入座的政策，可惜難度太高，超出我的能力太多，徒然知恥，卻怎麼也近不了勇。其實，這位號稱凡事就定位的男子，你可千萬別以爲他因此就全盤掌握、萬無一失。有一回，這位男子騎摩托車出門影印畫作，到影印店才發現要影印的一大袋畫作悉數失蹤，還勞駕警察局協尋才找回。原來一路驅馳，裝著畫作的大袋子，神不知鬼不覺地滑落路旁。從那次事件過後，他的威信大減，「就定位說」反倒變成我反攻的利器，正所謂：「不『丟』則已，一『丟』驚人！」

東西遺失到需要驚動警局協尋，至少到目前爲止，我還不曾有過。

元人盧摯有一首雙調折桂令的曲子，用加減乘除的方式計算人生：

> 想人生七十猶稀，百歲光陰，先過了三十。七十年間，十歲頑童，十載尪羸。五十歲除分晝夜，剛分得一半兒白日，風雨相催。兔走烏飛，仔細沉吟，都不如快活了便宜。

依他的計算，人生除去幼年不曉事，老年爲病痛所苦之外，所剩不過五十年，五十年還得扣掉夜晚的一半，則眞正可堪利用的時間不過二十五年。我教書教到這兒，不禁悲從中來。因爲尋常人好歹也有二十五年可資利用，我還得扣掉尋找失物用去的一大半時間，能自我規劃者唯十二、三年而已！其餘十二、三年都花在找眼鏡、找鑰匙、找手錶、找書本、找考卷、找紅筆、找電話簿，甚至深夜摸黑打電話找兒子……從白天直找到夜晚，我的人生好慘！日日尋尋覓覓，看來得至死方休了。

——原載二〇〇五年十月二十四日《中國時報・人間副刊》

繼續上路囉！

以我先天對機械的低能與駕馭無方，學會開車這件事，堪稱是我人生中最驕傲的突破與成就。我必須老實招認，較諸博士學位的取得，對我而言，學會開車的難度更高，成就更顯卓越。因此，談起這取得不易的技能，我可是沒甚麼好謙虛的，雖然，二十四年的開車史裡充滿不光彩的斑斑「劣」跡！

剛學會開車那些年，我住在中壢，少不得開車到台北逛

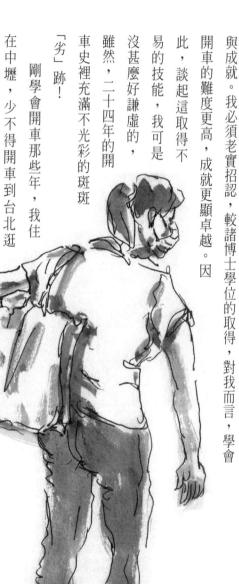

逛，以驕吾友朋。於是，揚揚得意行過總統府前的重慶南路，想一路直奔火車站，豈知到了某個路段，忽見前方一輛大型公車欺身到我的車道來了！一向聽說公車司機「壓霸」，常常以大欺小。想我廖某人雖是女流之輩，又豈是好欺負的！立刻決定正面迎敵，以高亢的喇叭示意他重歸正途、回頭是岸，誰知司機非但不慚愧地轉回他的車道，竟還大刺刺揮手，示意我閃邊、讓道。是可忍、孰不可忍！我打開窗子，準備好好教訓這個狂妄無禮的傢伙，決心必要時爲眞理殉身也在所不惜。正義之劍正待出鞘，一位行人熱心地靠過來，大聲朝我說：

「小姐！這一段是單行道，你怎麼開到人家的車道來了？」

那次的經歷，除了讓我見識到台北市奇怪且突兀的單行道劃分路線外，最重要的啓示是無論多耳聰目明的人都必須學會謙卑。我羞愧地蜷曲在家裡，止痛療傷半年後，決定再次重整旗鼓，前進台北。這回目的地是大理街的中國時報，前去參加報社舉行的文學獎頒獎典禮。爲了表達最虔誠的敬意，我穿上最美麗的衣服，並將那輛裕隆轎車擦得晶亮。（已經是最便宜的國產車了，再不能因髒亂而更讓人看輕！）典禮隆重進行，我煙視媚行，巧笑倩兮！（那年我約莫三十餘歲，年華方盛。）一切似乎都在掌握之中，最後，丰姿綽約地登車，拉下手煞車、倒車，「碰！」驚心動魄的聲響自後方傳來，我攔腰撞上了停放一旁看起來非常高級的進口轎車。一位警衛或司機模樣的男人立刻從廊簷的陰影中衝出，嘴巴張得大大的。我嚇得說不出話來，像個闖禍的小學生撞翻了同學家高級的骨董，羞紅了臉從車中走出，不知道該如何善後，只吶吶地自言自語。正僵持著，裡面出來了一位氣質高雅的女子，據說是車子的主人。男人即刻趨前報告，女子看了看凹陷的車身，再看了看我，搖頭笑說：

「唉！女人開車。」

後來，我才知道，她就是中國時報的社長余範英女士。我懷疑就是那次結下的梁子，使我的寫作一直和時報糾纏、繾綣，至今猶不罷休。

那回的車禍，其實不能全怪我技術欠佳，說起來搭便車的愛亞也難辭其咎。那天初識愛亞，為了讓新認識的朋友見識我帥氣的駕駛姿態，油門因之踩得太過，遂釀成大禍！說來邪門，幾次發生事故，都恰好發生在愛亞搭便車之時。文友林燿德結婚那天，吃完喜酒，愛亞沒被上回事件嚇破膽，仍決定搭我的便車去警廣上班，我為了一雪前恥，刻意謹小慎微。誰知在中山北路最熱鬧的地段，車子一陣打抖後，竟然在路中央停擺，無論我如何敲、打、扭、轉，引擎都無動於衷。後頭的車陣大排長龍，催促的喇叭聲音一聲急過一聲，我探頭出去，朝緊接在後的計程車司機大喊：

「你別再按喇叭了好不好？我都急死了！請您行行好，下來幫我看看是怎麼一回事啦！」

梳著整齊西裝頭的司機，冒著雨，小跑步過來，才探進頭，立刻用很專業的判斷告訴我：

「小姐！沒油啦！發不動的啦！沒用啦！……」

說完，一邊嘆氣道：「唉！女人開車！」一邊屈著身子跑回他的車裡，三轉兩轉的，從隔鄰的車道遁去，完全缺乏守望相助的崇高理想。愛亞想是非常後悔這次沒有聽從孔老夫子「不二過」的諍言而再度誤上賊車，可也沒法子，板蕩識忠臣，危急見氣節，她到底還是個講義氣的人，沒有棄我而去，兩人在車內愁眉對坐，不知道拿這個有著龐大軀體的飢餓怪獸怎麼辦。快過年了，車流特多，貪生怕死的我，有幾次想棄車逃逸，免得被粗心的駕駛從後頭追撞，然而，終究沒有行動。正愁著，從一旁竄出一位可愛的交通警察，問明原委，立刻交代我在駕駛座上操控方向盤，由他負責在車後推動，打算將車子推到外側車道上，以免妨礙車流。這位胖胖的人民保母眞的很讓人感動，我從後照鏡裡，看見他披頭散髮在雨中使盡吃奶的力氣推車，由衷對人民保母升起無比的敬意。正沉浸在感動的氛圍當中，忽然前方跑來另一位高瘦的交警，他氣急敗壞地喝令坐在我身旁的愛亞說：

「喝！你倒舒服，安安穩穩地坐著讓人家推。你就不能下來幫忙嗎？」

眞是一語驚醒夢中人！一身披肩、長衫的倒楣朋友只好訕訕然下車幫忙，這輩子我從沒像當時那般覺得愧對朋友。

類似的燈枯油盡，其後又陸續發生過幾次。一回，停放貴陽街東吳大學城區部，才開沒幾步路，又停擺。因爲先前忘了關大燈，所以自以爲聰明地判定是電瓶掛了，貴陽街上的憲兵隊的幾位阿兵哥應我之請，熱心地出來幫忙推車，推了半天，一點效果也沒有，一位經驗老到的班長，察看半晌，才發現車子原來是飢火中燒，還勞駕阿兵哥從軍營內偷了一桶油出來「救災」。一整個下午，淋漓盡致搬演了一齣「民敬軍、軍愛民」的動人倫理大戲；另一回，時值深夜，由於有了前幾次的經驗，我一下就明白癥結所在，即刻以電話向外子求援。外子帶著一只空桶子和一條塑膠管，騎著摩托車迢迢前來。暗夜中，像騎著白馬的王子，只是要吻醒的不是公主而是冰冷的車子。附近方圓幾百公尺之處，都沒有全天候的加油站，桶子無濟於事；外子企圖以塑膠管引導摩托車的油至汽車油箱內濟急，他以口就管，吸一大口，再急急將管口對準油箱口，似乎不管用，因爲汽車的油箱較摩托車略高，於是，他吸之再三，最後是如何解決，如今已不復記省，可永遠忘不了的是回家後的外子，因爲吸了一肚子油氣，昏昏沉沉了三天三夜，難看的臉色到底肇因於生理或心理？我問都不敢問。

前年，我爲執行國科會計畫案，深夜在洛杉磯機場租了車，將油箱加滿，次日到 Temple City 拜訪紀剛、到 Irvine 看王藍，第三天又從洛杉磯迢迢前往聖塔巴巴拉去拜訪白先勇先生，前後開了好幾個鐘頭的車程，油錶竟然仍居高不下，我高興地朝外子說：

「美國的汽油眞管用！跑了那麼遠，竟然還滿格。」外子斥爲無稽，催促去加油，共加了十六加侖，才發現油箱幾近全空，原來油錶故障，我們差一點兒在美國的高速路因失速而失事，回想起來，眞是驚出一身冷汗。

說到在高速公路開車，就不由得想起一次有趣的經驗。當時我在桃園的中正理工學院教書，下課後，往往有同事搭便車回台北。一次，載著三位女老師在高速公路上奔馳，忽然發現一位大卡車的司機，「瞻之在前，忽焉在後」，不但追著我的車子跑，還打開車窗不停地朝我們比手畫腳，我快、他也快，我慢、他也慢，同事們都嚇壞了！沒料到光天化日之下，竟然有人敢公開調戲良家婦女！就這樣一路奔馳，等我們從高速公路下到五股交流道，再轉到台北車站前，右轉中山南路，男子仍舊尾隨，不肯放過我們。兩輛車子終於在中山南路上同時被紅燈攔下，嚼著檳榔的司機更打開車門，踱到我的車旁，敲起我的玻璃窗。同事們紛紛警告不要開窗，他越敲越急，我一時惡從膽邊生，打算和他拚個死活。於是，打開車窗，問他意欲何爲，他很好心地說：

「小姐，你好大的膽子！一路狂飆，也不打燈號，就這樣左右開弓地變換車道，難道你不知道這樣很危險嗎？難不成你的車燈壞了，我跟你講話你也不理？唉！女人這樣開車！這會被罰錢的……」

試了試，果然兩只後車燈全壞了。大夥兒又好笑、又惆悵，好笑的是錯怪了好人；惆悵的是一群中年女子全高估了自己的美貌。

當然！我們之所以有這樣的疑慮並非全然無稽。外子和我，就曾碰過凶神惡煞。事情發生在清晨開車上班途中，行經板橋時，一輛BMW的轎車毫無預警地從右方以極爲險巇的姿態斜岔進到我們的車道，小小擦撞了我們車子的保險桿。本來擦撞事小，但是，一大清早被嚇得魂飛魄散，對方的蠻橫開車態度讓人生氣。我即刻威脅開車的外子下車理論，唯恐溫文的外子秉持一貫息事寧人的態度，我用狠話恐嚇他：

「這回，若是你還不凶他，我就唾棄你！」

對方看來也不滿意意外的發生，他大刺刺下車察看，我驚嚇地瞥見男子的兩隻粗壯的手臂上，刺了兩隻碩大的青龍。轉眼看到外子正拉起手煞車的青白手臂，我嚇得驚醒過來，即刻拉住被激得打算下去論個是非曲直的外子，一邊擠出燦爛的笑容，一邊提醒外子：

「別下車！微笑！微笑！。」

伸手不打笑臉人，刺青的男子發現他的車僅有些微傷痕，橫了斜肩諂媚的我們兩眼，才悻悻然上車離去。

聽完了前面的供述，諸位看官千萬別企圖研究台北市交通的混亂與廖玉蕙之關聯，試問開車的朋友，誰敢說他就不出點兒小差錯哪，何況二十多年才發生這幾樁。

來！不管它！我們繼續上路囉！

——原載二〇〇五年八月五日《中國時報・人間副刊》

苦苦追求睡神臨幸

多年前，發現被失眠之神緊盯上後，我便積極展開一連串脫身活動。喝熱牛奶、打坐、瑜伽、喝一小杯葡萄酒、白天激烈運動……報上看來的、朋友引介的、醫生建議的，事實證明，所有偏方，對我而言，全數失效。

一回，看到一則醫學報導，說是失眠的人最忌諱躺在床上乾等睡神光臨，那樣只有增加焦慮，將更加引發失眠的機率。從那之後，我乾脆積極正面迎戰，首先，將學校教書時間想辦法悉數安排在午後；接著，不再嚴守晚上不喝咖啡、不寫作、不用腦等誡律，一切順其自然。而既然所有催眠策略都不奏效，我也不再強求立即入眠，除非次日清早，有其他演講、開會的任務在身，可能會借助安眠藥外；睡前，我喜歡坐在床頭，伸長雙腿，將被子拉到胸前，或閱讀、或聽音樂、或看稿子、或觀賞影帶，淨挑些輕鬆的活兒幹，讓腦子不再激烈運轉，盡量讓心情放輕鬆。

沒過多久，臥房的床上，就變成我經常棲身的地方。雖然一天只要能睡上四、五個鐘頭，我就感到心滿意足。然而，儘管眞正入睡的時間不多，我待在臥房的時間卻越來越多。如果夜裡十二點上床，我會在床上坐上三、四個小時，許多文學獎的評審工作在此完成、學生的作文在這兒改完；每個月的固定閱讀，也仰賴這樣的時間在床上完成；喜歡看電影的我，不再有時間到戲院，電影欣賞仍不肯放過，這些非當季的過期電影，通常也是坐在床上看完；有時，眼力實在用得太過，再不能看電影、看書、看稿子，古典音樂的聆賞就是最後的選擇。這所有的一切活動，原本最終都爲引誘睡神蒞臨；其後，因爲設備完善又溫暖，無論日夜，只要一離開書房的電腦，這兒，就成爲我最常藏身休憩的地方，尤其是冬天。

因爲睡前有這許多的需求，我的臥房設備便顯得無比重要。爲了睡得安穩，抵禦蚊子侵襲的蚊帳和一張舒適的大床是必需的；爲了取閱方便，一壁可供隨時順手拿到的書牆是必要的；爲了美感經驗，一台放映影帶的錄影機和一個質感不錯的液晶顯示螢幕是不可或缺的；爲了視聽的效果，一台音質還可以的音響也是重要的；爲了不妨害視力，一支光線足夠的檯燈自然是不可少的。我將客廳及書

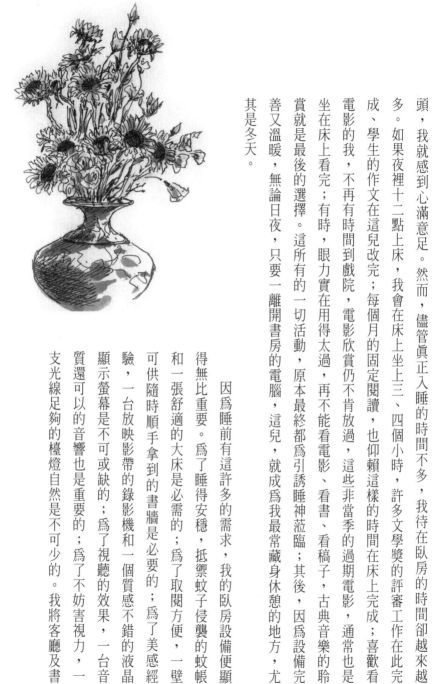

房的相關設施，具體而微地在臥房裡複製了一份，唯一的奢侈品是一位即使受到燈光、音響、影像等嚴重干擾卻依然可以呼呼大睡的丈夫，而我也幸運地擁有了。

因爲經常坐在床上醞釀睡眠，所以，我每天都致力於改善「座位」環境。希望有理想的靠背讓脊椎不會負荷過重；安排優質的坐墊，讓久坐的臀部不會太過痠痛。以此之故，我的床上充滿了坐墊和靠背，各式各樣的，晚上倦亟欲眠之時，爲免動作過大，驚擾睡神，我通常半瞇著眼，小心翼翼地順勢下滑，這些坐墊、靠背便得和我搶地盤，搶不過我的坐墊，跌落在床下，經常故意在我半夜起身去洗手間時，惡意地絆我一大跤；其餘倖存在床上的坐墊，腳邊、枕旁、身側，恣意伸展，大剌剌仰躺著，相較於我們夫妻兩人蜷曲其間的模樣，顯得囂張跋扈。我們早上起床後的大工程，就是收拾它們以粉飾太平，設法將這些靠背、坐墊各安其位、藏身被窩下，讓它看起來像是和床墊一體成形，以掩飾昨夜曾經和失眠之神焦慮的交鋒。

很可惜的是，儘管如此，我還是很難入睡，因此，一只在黑暗中能很清晰辨識時間的鬧鐘就很需要了。先前，我擁有一個夜裡發亮的電子鐘，老舊淘汰後，矢志再尋找一個有著同樣功能卻更加美觀的鐘，卻遍尋不著。我向親友廣發求鐘訊息，自己更是努力求索。從台灣直找到美國、日本。去年遊北海道，在鎮上閒逛之時，女兒氣喘吁吁地從遠處奔來，直呼：

「找到了！找到了！」

可惡的是，那般如理想中的鬧鐘竟然成排的出現！個個簡淨明晰。更氣人的是，當我精挑細選，回台炫耀後的次日，母親竟在傳統市場的攤販裡，買到了一模一樣的東西，價格卻不到舶來品的五分之一。我又得大費周章地在眾人的訕笑裡，努力搜尋、辨識二者的細微差異，以資證明我並非無知。這樣的挫敗，使得我神經質地懷疑深夜裡猶然晶晶發亮的日本鬧鐘正不懷好意地朝著我擠眉弄眼地嘲笑，也因此，越發讓失眠症狀明顯嚴重起來。

至於雙人床上方的蚊帳，則是失眠前輩提供的避蚊良方，他說：

「政府罔顧人民生命安全，對蚊害不聞不問，我們得想法自力救濟，掛蚊帳是一勞永逸之策，又不像蚊香會妨害健康，這是失眠者的必備品。」

失眠的人，對聲音最爲敏感。

在台灣，我覺得最可恨的聲音還不是政客的咆哮，而是喜歡作弄、欺負人的蚊子，有時候，好不容易睡著了，蚊子卻在耳邊飛竄並嗚嗚歌唱，攪得你眼漏凶光、咬牙切齒地追殺。所以，這位失眠前輩所傳授的祕方，經過再三改良後，就成了臥房裡看似最浪漫的裝飾，它其實具備最實質的效用。

這是一間兼具客廳和書房功能的臥房，也是我假裝不在乎、實則苦苦追求睡神臨幸的藏身之所，而我身旁那位慣常和睡神稱兄道弟的先生卻渾然不知。

——原載二〇〇六年四月五日《自由時報・副刊》

假裝只是放假

過年眞的很無聊！從小，我就痛恨過年。過年代表忙碌，忙碌代表媽媽的心情一定很差，媽媽心情差意味著動輒得咎，小孩捱罵、捱打的機率大大提高。

大人忙於大掃除；蒸年糕、發糕、蘿蔔糕；殺雞、宰鴨、備年菜……累到幾乎抓狂，孩子可也沒能倖免於難。我眞是天生的懶骨頭，一想到得削大量的蘿蔔皮、磨蘿蔔泥，蘿蔔糕的美味立刻大打折扣；一想到得細細拔除母雞、白鵝、番鴨臉上叢生的細毛，雞、鵝、鴨肉的可口，馬上失去吸引力；一想到過年前得仔細清除媽媽房裡那張紅眠床上雕功細緻的床架，我就心灰意冷，只希望和平常一樣溫吞過日子。更有甚者，當我確切了然過完年後必須無條件繳回到手的紅包後，便透徹洞悉大人騙人的把戲，對過年唯一寄望的拿壓歲錢這件事也徹底死了心。

年關將屆，所有的債主紛紛活躍起來，登門拜訪；孩子的新衣沒著落，公婆的紅包不能少，沒有錢過年，大人煩惱到睡不著；小孩看著大人陰沉的臉色也無端憂懼起來。夜半起床上廁所，看到爸媽在油燈旁愁眉苦臉算計用度，眞希望歲月眞的如梭，一晃眼，年過了，所有的難關統統成爲過去。

過年眞的很無聊！我從小就知道，沒有任何人在過年時占到甚麼便宜。大人小孩，人馬雜沓、一團混亂的度過。大人表面大方地相互發放紅包，背地裡掏出裡頭的鈔票計較收支是否平衡，咬牙切齒埋怨對方小器或自己的孩子生得不夠多。我之所以痛恨過年，還有兩個很重要的因素，一是過年宴客，孩子照例得在客人用過餐後，才能上桌。偏偏客人總是笑談讌讌，久久不肯下桌，害得孩子餓得頭昏眼花，恨不能執棒驅趕，大聲下逐客令，我一向認眞向「飯」，如此飢腸轆轆一直是可怕的夢魘。另一原因是好不容易得了個假期，總算可以光明正大地看閒書，往往正看到關鍵處，卻屢屢被母親下達的差遣令所打斷，一下子去買醬油，一會兒出來和不知打哪兒冒出的親戚打招呼，一下子又要擺碗筷、捧飯端茶，小說裡男女主角哀感頑豔的戀愛，被這三番兩次的騷擾，看得是柔腸寸斷，滋味全無！

結婚後，婆婆是黑帶級的拜拜高手，過年期間，所有的印象全圍繞著祭祀的相關事宜。拜祖宗不同於拜神明，三牲、菜碗必須各如其分，不得相混；神明還分天上、陰間，燒的紙錢，金是金、銀是銀，燒錯了，即便是神明，聽說也只能徒呼奈何，無法到手。祭拜的食物、儀式之涇渭分明、精密講究，比寫博士論文還繁複。婆婆還神志清楚的那些

年，說實話，我對過年既驚且懼。成天在廚房裡張羅三餐，不僅供應家人、招待賓客，還要爲各路神明準備。相較於娘家神明的明快，夫家的神明也和童年時據案大嚼的客人一般，上了飯桌便不肯下來，公公不時擲筊請問何時可以撤桌，祖宗們總不肯乾脆給個聖筊，幾個笑筊下來，飯冷了、菜涼了，眞是讓做媳婦的我焦急不已。

一些不相干的親戚，無端在過年期間來訪，是另一種折磨。不管小時候或嫁爲人婦之後，齜牙咧嘴的虛與委蛇，一直是我最痛恨的事。因爲曾經有過這樣的切膚之痛，所以，等到我自己能當家作主的現在，我盡量讓過年和平常過日子沒兩樣，照樣寫稿、看書、發呆，不打電話、不去拜訪朋友，不增加自己的麻煩，也不希望造成別人的痛恨。我請人清掃，尊重孩子的作息，讓丈夫自由活動。心情好的時候，下廚表演幾道廚藝；沒甚麼意願的時候，出去外食，或但憑個人自由意志，吃或不吃。不看無聊的電視節目、不逛人擠人的賣場、不湊熱鬧去郊外遊春……對付過年的無聊，我履踐童年時的夢想，全程置身「年」外，假裝只是放假，必要時，進入冬眠狀態，切斷所有對外聯繫。

——原載二〇〇六年二月二日《自由時報・副刊》

我的暑假作業

學期接近尾聲，忽焉大批工作如潮水般湧來，期末考題的擬定、學生作業、作文的批改、計畫案結案報告的完稿、研究生的論文口試……各處的審查案件接踵而至，政府及學校單位的演講更是接二連三，連母親都湊熱鬧似地進了急診室。接下來則是改考卷，計算成績，在書房內，爲處於及格邊緣的學生成績，煞費苦心的斟酌、掙扎。

「你們當老師的眞好！整整兩個多月的暑假，不用教書，光拿薪水。」

是呀！聽起來教書的行業眞是令人羨慕。不爲人知的是，學期將近尾聲，有個學生忽然發狂，被強行送進精神療養院；乖巧安靜的學生被診斷出罹患肌肉萎縮症；優秀用功的學生受困於蜂窩性組織炎，正躺在病床上和死神拔河。期末考結束，學期終了，校園一片沉寂，太陽依然高照，卻又分明帶著詭譎的陰影。當日子幾乎快熬不下去的當兒，我也是拿「放暑假就好了！」來寬慰、鼓勵自己撐下去，假裝有一段美好且清閒的日子等在不遠的地方。然而，等到暑假眞的來臨，這才發現忙碌依舊，災難更甚。

究竟是甚麼原因造成這些原本可以避免的困境？幾年來，我總不停地自我反省，最近，總算約略掌握到根本所在。除了性格內根深柢固的軟弱，造成我不擅拒絕的惡德外，追根究柢，和我求學時期的黏纏數學還是脫不了干係。因爲數學能力實在太差了，無法憑空將工作量和假期的時數做出適當的調配，以致常誤判情勢，以爲假期迢迢，應有足夠的時間來履行這許多的任務，於是，天眞且輕易地在工作手記上的每個空欄內塡上慷慨的承諾。殊不知每個承諾的背後，其工作量都不只是手記上所記載的區區兩個小時而已，不管是碩士口試或文學評審、演講，在口試或正式評審、演講前，便往往費去好些個準備的晝夜。於是，本來可以休養生息的假期便陷入萬劫不復。

那麼，不用去學校教書的暑期，到底在做些甚麼呢？聽起來應該是萬分輕鬆的兩個多月，怎麼感覺老是負債累累！連續好幾年，我埋首研究案的執行，整個暑假馬不停蹄地奔走。先是連續兩年走馬海外，訪談並錄製世界華文作家的身影，爲學校成立的世界華文文學資料網站中心蒐羅資料；接續的四年，致力於提升大學基礎教育，推動新文藝教學。除了編註當代新文學教本，還爲了製作數位輔助教材，南北奔波，訪談國內優秀作家；繼而編輯討論題綱、製作教師手冊……助理回家逍遙去了，教授留校察看，扛著沉重的機器，海內海外奔走，完全討不到便宜，其忙碌猶勝平日的教學。

除了研究案的進行外，演講、評審、口試、審查、座談、寫作、出書的例行性工作，

也未曾停歇……我翻開近幾年的工作手記，閱卷、演講和出書算是暑期工作的重頭戲。才從評閱期末考的噩夢中醒來，又一頭栽進大考指定考試和轉學考試的泥沼裡，重複又重複的制式作文，地老天荒地，永無止境，往往閱卷閱到頭昏眼花、痛不欲生，難怪坊間流傳一句俗諺：「前世殺何人，今世改作文」。幸而每回令人抓狂的閱卷，總僥倖地在眼睛嚴重發炎、精神瀕臨崩潰的剎那宣告結束，至今尚未釀成不可收拾的大禍。

另外，一個有趣的發現是文集的出版時間多半集中在八、九、十這三個月。顯然，暑假期間被認定是整理、修繕作品的好時機。時間雖然仍被奇奇怪怪的分割，但因爲沒了固定必須履行的教書工作，總算得以靈活支配，心情輕鬆許多。出版社的編輯通常有著異乎尋常的敏銳嗅覺，雖然隔著迢遞的距離，立刻在例行溝通的電話裡，嗅出可乘的契機。於是，作者便不由分說地被牽著跟進出版列車的轉動節奏中，如果存稿估量已達可以成書的數量，則被要求速速進行自行修改、編排及寫序的步驟。近年來，我所出版的書籍多半配有外子的插畫，則選擇插畫並將它一張張掃描成電子檔案提供給出版社是接續下來的繁重工作。倘若篇幅尚且不夠成書，則必須加緊腳步，在暑期中趕工，將不足的份量及時補充完畢。籌備出版一本新書，往往是我的重點暑假作業。

暑假還是演講及評審工作的旺季。近年來，文學營的舉辦，如雨後春筍般地冒出，除了老牌的鹽分地帶文學營、耕莘文教院寫作班及聯合文藝營外，台灣文學館也加入寫作培

訓的行列。另外，許多中文系大學生，腦筋動得快，也加入搶錢，紛紛開辦相關文學營，如「紅樓夢研習營」、「唐代小說研習營」、「現代文學研習營」……今年，教育部做成高中學力測驗國文科將加考作文的決策，大學中文系及民間文學相關機構不知是使命感使然，抑或敏感地嗅出其間的商機，紛紛開辦給老師參加的國文教學營。這偌多的營隊，自然得有足夠的演講者來支應，而像我這樣具備中文系老師及文字工作者雙重身分的人，理所當然成爲師資的主要來源。

近年來，各地紛紛舉辦文學獎。校園的文學獎評審多半在學期結束前完成，暑假中的文學獎，主辦單位若非地方文化局，便是教育部、國防部、勞工局，或各大報社（今年新加入的自由時報文學獎的超高獎金，預料將引發激烈的龍爭虎鬥。）層級提高，加上規模大、獎金優渥，參與者自然踴躍，作品的質地相形之下也提高許多。文學的優劣辨識，本來就不容易，何況審美觀大不同，評審會議，猶如一場武林大會，高手過招，傷亡難免，言辭折衝之際，因袒護所青睞的作品，不免時有過激之言，因之得罪評審同行也是常有的事；被評審的作品，在彼此攻防臧否之間，當然也就不那麼溫柔敦厚地被對待，而一時狠話盡出的結果，就是在評審名單出爐之際，評審先就驚出一身冷汗，唯恐那些被嚴辭攻擊的參賽者悵悵地殺進門來！

這些看似輕鬆的演講、評審或閱卷，其實，說起來都是相當沉重的負擔。閱卷的重複性固然教人不敢領教；冒著大太陽的高溫，南北奔波演講，也不是好玩的事；評審的耗費眼力及精力，更是作家最大的折損。因爲暑假該休息而不得休息，備覺辛苦、委屈，所以，如何補償便成爲隨時思考的重點。每每在一陣密集的恐怖活動過後，我會特別覺得需要被寬容或寵膩，這時，失去理性的「血拚」常是我的抉擇。於是，我總想辦法抓住暑假的尾巴，出國一趟，然後，在OUTLET的試衣間裡，一邊拉著拉鍊，一邊自我安慰：

「我辛苦了這麼久，難道不該慰勞一下自己！反正我不是也賺了些外快麼？」

就在這般不斷的自我催眠下，每買一件衣服，我都振振有辭地跟家人說：

「我不是剛領了一筆演講費嗎？就用它買這件衣服吧！」

「我不是剛領了一筆演講費嗎？就用它買這個皮包吧！」

「我不是剛領了一筆演講費嗎？就用它買這雙鞋子吧！」

於是，區區幾千元的演講費，似乎永遠都用不完，不時地被重複拿來當作買這、買那的藉口，在夏日的最後幾天假期，感覺自己像是賺了上百萬元的暴發戶，心情好不快活！

——原載二〇〇五年八月一日《自由時報・副刊》

我的祕密盒

有一只木盒，從童年起便一直跟著我。

木質盒面上方，用朱筆寫著一個大大的「賞」字，賞字下方是一隻翩飛的鶴，紅首、黃喙、白羽，彷彿剛從天上飛入，姿態十分優雅。盒子左下側則是一株寫意的松樹，黃、綠、紅相間的樹幹上，有著白色的樹斑，筆觸靈動；盒子右下側也是朱筆題字，寫著「潭子鄉農會贈」。

已經不記得這只盒子的來歷，從「賞」字猜測，或者是哥哥或姊姊小學畢業所獲得的獎品，至於如何變成我的收藏也已不可考。總之，自我有記憶以來，它便一直跟著我。這只長二十五公分、寬十六公分、高約莫五公分的盒子，感覺十分東洋風，它陪伴著我，收藏著我長期以來珍視的各項寶物及祕密，見識著我的成長。幾十年來，我將所有寶貝及祕密關進盒內，密密收藏，因爲容量有限，我不停地斟酌珍視程度及祕密指數，只留存指數最高者，那些經過權衡輕重後，被視爲次級品或祕密情節輕微者，則隨時面臨被取出汰換的命運。

印象中，最先被放進盒內的是花花綠綠的糖果紙。清貧年代加上家中食指浩繁，擁有一顆包裹著彩色糖果紙的糖果，是作夢都會微笑的奢侈想望，因而壓平皺摺的糖果紙也相對成爲稀世之珍。我沒有太多的糖吃，但我就讀的台中師專附屬小學，當年堪稱貴族學校，同學的家境幾乎都十分富裕。我偷偷收集她們丟掉的糖果紙，攤平了，紮出各式各樣的娃娃衣服，盒裡當然還有漂亮的剪紙娃娃，寂寞、無聊的時候，我假裝自己是個熟練且忙碌的裁縫師，爲娃娃的衣服迎新去舊，忙得不亦樂乎！

稍長了些，彩色娃娃衣的遊戲已嫌幼稚。初中階段，我開始拿它盛裝自覺友誼被背叛時所書寫的哀怨心事。因爲念的是女子中學，我的密盒內，滿漲著同性情誼的自憐情緒，愛恨怨嗔的激越絕不下於青春期的男女愛戀。我還記憶深刻的是，一位出身醫生家庭的女兒和我比鄰而坐，她個頭嬌小，舞蹈、鋼琴，樣樣精通，制服一逕筆挺，便當盒裡永遠是我所豔羨的雞腿、排骨，我對她崇拜到近乎病態程度，她的一顰一笑，都成了我當時情緒高昂或低落的指標。我的收藏盒裡，塞滿了寫給她卻沒讓她知道的情書和傷春悲秋的文字，像是個被拋棄上百次的怨婦，滿紙滄桑。平日所閱讀的言情小說哀感頑豔的情節，在內心澎湃洶湧成無可扼抑的波濤，日日返照到現實的人際，形成畸形的愛戀，既找不到出口，只好藉文字流洩。一回，無意間，被母親發現那些纏綿悱惻的紙條，以爲我和外校男

生暗通款曲，氣得拿棍子追打，饒是這般，仍舊沒有減損我的熱情。

接著，高中聯考的緊箍咒箍得我頭疼欲裂，脫逃無方，然而，熊熊熱情，總要找到攀附的對象。凌波熱席捲台灣的那陣子，我移情別戀。盒裡的紙條全被清出，代之盤據盒內的，是梁兄哥的玉照。報紙上剪下的模糊照片已然貼進剪貼簿，用省下的午餐費，專程去書店選購的凌波漂亮沙龍照才得以進駐其間。上學時，我帶著盒子裡的照片去炫耀，下課回家後，鄭重其事地將照片擺進鋪了白報紙的盒子，不准任何人動它分毫。凌波在盒內帶笑含顰、千嬌百媚，卻怎麼也脫身不得。

然後，也不知從何時開始，凌波悄然退位，取而代之的是青春期的曖曖情愫，高中的男老師成了新歡，我在盒內輾轉傾訴無法言宣的單戀苦痛，一頁又一頁……終於，上了大學。我積習不改，一味情致纏綿地追逐情感的烈焰，像撲火的飛蛾、寧碎的玉石，帶著悲劇英雄的執著，循著紙上縱橫的阡陌一字字刻出銘心的刻骨、洋溢的熱情，無奈的是既不敢向對方表白，也不肯將信件寄出，滿腔熾熱只向盒內密藏。其後，我採用最傳統的相親方式走進婚姻，結束迂迴婉轉卻註定永遠徒勞的內心獨白。

我將那只盒子和所有婚前情感相關的紀錄，悉數留置娘家。隨著柴米油鹽、奶瓶、尿布的加入，幾乎忘了它們的存在。多少年後的一個午後，我回娘家，和母親據案閒談，忽然憶起那批記錄過往情感糾葛的文物，母親輕巧避過話鋒，起身走出客廳，只在轉身之際留下輕描淡寫：

「已經結婚了，留那做啥！增加困擾而已！我已經將那些東西攏總燒掉了！」

旋即又從內室轉回，手上捧著這只木盒。說：

「存這個盒仔，要拿轉去麼？」

用心良苦的母親，竟然將我的過往心情燒得灰飛煙滅，只剩了一只空盒。我接過木盒，雖然心中不免些微悵然，卻也眞的波瀾不興了。我在重回手中的木盒裡放進我的大、中、小學成績單及初中的畢業留言簿，讓理性的求學紀錄取代感性的眞情抒發，生活終於回歸應有的秩序井然。

每隔一段時間，我還是喜歡將木盒從高處的書櫥取下，輕輕摩挲翫賞。如今，經過歲月的洗滌，盒蓋已然呈現斑駁老態，盒邊的木頭接縫開始出現龜裂，盒上的圖畫及文字卻依然明晰。而我，這才驚覺滄海桑田、人事全非了！

——原載二〇〇六年八月五日《中華日報・副刊》

回首純眞年代

我的文學養成經驗和大墩關係密切。

渾然無知的童年被轉學切割成迥然不同的兩種際遇。原本赤足狂奔在稻田、菸樓間的女孩兒，被迫遷徙、流轉到高樓林立的城市。舊有的友朋斷了關係，新城乍現的富麗華瞻，讓目眩神迷的孩童，望之卻步。進退失據的結果，就是躲進書海裡逃避窘困的人際。

小學五年級，母親千方百計將我從潭子的鄉下小學，轉學到台中師範附屬小學就讀。尷尬的年齡，生理抽長和敏感心思的頡頏、拔河，堪稱無日不有之。於是，躲進閣樓裡，藉著作家編織的故事，哀哭、駭笑，和小說、散文中人同悲喜、共愛憎，從小學到高中，幾年之間，由無知幼稚逐漸轉爲娉婷善感。

當時的閱讀，堪稱隨性所之，全無章法。

格林童話率先攻占我的閱讀城堡。彷彿是從一位家境富裕的同學處借來的，不知怎的，每則故事裡，幾乎都有一位陰險的壞心腸後母，讓年幼的我在很長的一段時間內，一直生活在唯恐失去母親的深沉恐懼裡；接著，被艾德蒙．丹諦斯和西斯克立夫的復仇火燄所席捲，母親從租書店租借的大仲馬《基督山恩仇記》、愛蜜莉．白朗特《咆哮山莊》中峰迴路轉的情節，讓我們母女二人癡迷不已。對其中所呈現的人性狡詐、貪婪，我未必有所領會，但故事主角的復仇行動，對當時常被同學欺負、被母親雞毛撣子追打的我而言，卻是尋求精神勝利的最好材料。一旦受了委屈，立刻對著閣樓上的鏡子，握拳誓言復仇的決心。

小學六年級時，大嫂進門。知道我酷愛閱讀，爲了向我這位小姑表達善意，送了我一本精裝本《小婦人》，這是我首度擁有一本屬於自己的課外書，自然是視若珍寶，愛不釋手的。一個月後，也同樣喜愛小說的大嫂，竟向我提出「以文房四寶換回《小婦人》」的要求。她說：

「反正，你隨時想看都可以跟我借。我實在太喜歡這本小說了！……你考慮一下，不用勉強。」

幾番掙扎過後，在全新筆、墨、紙、硯的引誘下，我悵悵然奉還曾經短暫擁有的藏書，心裡百味雜陳。

瓊瑤小說席捲書肆的年代，正當我初中一年級。小說裡所醞釀的恍惚迷離情調、哀感頑豔愛情，恰恰吻合慘綠少女的傷春悲秋胃口。對浪漫愛情猶然抱持高度憧憬的母親，也被捲入這股流行的狂潮中，她的心情十分矛盾，既欣喜和女兒共享閱讀之樂，又害怕大量的課外閱讀將摧毀我體制內的遠大前程。這種既是好姊妹又是監察官的腳色，讓她左支右絀，顯得狼狽。

接著，在台中女中的圖書館裡，我發現了廣闊的新天地。

夏綠蒂的《簡愛》，是我在女中圖書館借閱的第一本書。夏綠蒂早慧憂悒的抒情風格，飛快地擄獲了我的視線。尤其是男女主角邂逅時的惺惺相惜和欲迎還藏的纏縛情愫，既描摹了破滅與絕望之苦，又道盡灰飛煙滅之後復合的狂喜，令人盪氣迴腸。身世坎坷的簡愛，靠著堅強的意志克服環境的艱難，完成學業並找到家庭教師的職務，與年長她近二十歲的桑菲德主人洛查斯特先生展開一段驚心動魄的愛情。我立即在小說人物中找到寄託，初中一年級時，便決定了當老師的志願，打算踏著簡愛的足跡，和她一樣，邊教書，邊尋找生命中的最愛。而圖書館裡這臨窗一坐，悠悠便是數年。一本又一本的小說在指尖翻過，西方文學經典如瑪格麗特·米切爾《飄》、托爾斯泰《安娜·卡列尼娜》、珍·奧斯汀《傲慢與偏見》、司湯達《紅與黑》、梅爾維爾《白鯨記》、托爾斯泰《戰爭與和平》……；

中國民間故事與古典傳奇如《白蛇傳》、《紅樓夢》、《東周列國志》、《三國演義》、《聊齋》……，乃至台灣現代文學如

林海音《城南舊事》、張秀亞《北窗下》、於梨華《夢回青河》、聶華苓《失去的金鈴子》……日日，我俯看書裡乾坤，仰望窗外白雲，編織美夢、打造未來。爲了文學中人物的情愛糾葛，我無心課業，在課堂上，懸念圖書館內男女主角的悲歡離合，以致課業一蹶不振；因爲看多了奇情的愛情小說，我學會了裝腔作勢，一直到適婚年齡，仍堅信並取法言情小說的談情說愛模式，遲遲不肯回到現實人間。

高中之後，學校圖書館的藏書已經難以饜足我的需求，但經濟狀況又不容許我購買課外讀物，除了持續向街角租書店靠攏外，下課後，我急急衝向中央書局，站在書架前翻閱，一站，往往就是一整個黃昏。蠶食鯨吞的結果，終於在離開台中後十八年的某個春日開花結果，我開始提筆寫作，一發不可收拾地出版了三十餘本書。熟悉我寫作題材的讀者，或許可以從中看出當年文學啓蒙的蛛絲馬跡。我的閱讀從西方文學開端，穿越古典的藩籬，直達當代的台灣；我一直偏愛有情節的小說，所以，即使選擇散文寫作，筆下常不自覺流露班雅明所謂的「說故事人」的觀點，期待喚起我們曾經珍惜的社群互動關係。我也深受狄更斯的影響，篤信：

「在黑暗中受苦難的人，沒有悲觀的權利，但一定要保持純眞的心，對生命抱持希望。」

就是這樣的信念，造就了我樂觀的性格和一貫的作品風格。

在台中求學的七、八年間，原本是我人生歷程中最爲苦悶的階段，人際疏離、課業崩毀，在聯考緊箍咒的挾持下，幾乎無力撐持。幸虧有文學一路陪伴、相挺，苦悶抑鬱的心靈，才稍稍得到抒解，我必須坦承：從閱讀中，我得到高度的救贖。直到如今，閱讀仍然帶給我極大的快慰，我們彼此不棄不離，關係纏綿繾綣。從純眞年代到滄桑中年，閱讀的快感永遠是我生活中最美好的記憶。

——原載二〇〇六年五月號《大墩文學》

童年從廚房外飛奔而入

家境清寒的童年，吃一碗熱騰騰的炒米粉是極其神聖的企盼，它代表著家人團圓的欣喜和對嘉賓來臨的熱切歡迎。

不管年節或貴客來臨，炒米粉是從不缺席的腳色。在清貧的年代，客人造訪，因爲菜餚有限，小孩總被迫在賓客食畢後才許用餐，不知就裡的客人往往笑談讌讌，一頓飯花上兩、三小時猶不肯罷休，讓正在發育的不禁餓孩童飢腸轆轆、苦不堪言。這時，炒米粉便發揮它最大的功效。它自體自

足，既是果腹的主食，佐料的食材肉絲、大白菜、紅蘿蔔、雞蛋、香菇、木耳、蝦米、蔥蒜等又是營養豐富的菜餚，盛上一碗剛起鍋的香噴噴炒米粉，端到廚房的角落狼吞虎嚥，止飢又止饞，既饜足孩子飢餓的腹肚，又兼顧了色香味及多重營養。

炒米粉總是教人百吃不厭。每回吃完它，緊接著必是洶湧而至的胃酸，然而，炒米粉就像斷不掉的奶水，是一種詭奇的魅惑，準備材料的繁複不放在眼裡，胃酸的侵襲不足懼，每隔一段時間，我便會無端被米粉香所召喚，埋首在廚房裡泡米粉、熬高湯，耐著性子切著細細的肉絲、紅蘿蔔絲、香菇絲、木耳絲、白菜絲……恍惚間，童年彷彿展開時光的翅膀從廚房外飛奔而入。

「米粉炒好了嗎？肚子好餓！我能先吃一碗嗎？」

小時候，女兒常迫不及待端著空碗過來問我，像童年的我一樣。

「米粉得用開水先行泡過，記住！千萬不要用生水。」

女兒長大後，開始學習炒米粉，我總是這樣叮嚀她，像我的媽媽叮囑我一樣。

搭車總是按錯鈴

自從升格爲有車階級後，就鮮少搭乘公共汽車。因此，幾乎偶一乘坐，便會鬧一點笑話。

幾年前的一個雙十國慶日，風和日麗，一時心血來潮，決定將自己打扮得漂漂亮亮赴約。因爲停車不易，時間又仍充裕，我以一種非常閒適的心情去搭公車。

走到了中正紀念堂的站牌下，才發現皮包內的零錢有限，於是，我謹愼地向同樣在等車的一位女士請教：「不知道現在的公車票，一張多少錢？」

那位中年女人很親切地回答過後，突然又接口道：「你是專程回國來慶祝雙十國慶的僑胞嗎？」

我愛開玩笑的毛病一時又犯了，故意驚訝地說：「哇！你好厲害！一下子就被你看出來了。」

她露出得意的神情，侃侃而談：「我看你這一身打扮就猜出幾分，加上你問公車價錢，表示你對台北很生疏。雖然國語說得不錯，但一些咬字，仔細聽，還是有幾分不一樣！你是不是從馬來西亞回來的？」

說到這兒，我就眞的不服氣了！從小因爲國語標準，演講比賽幾乎無往不利，居然被她說成華僑的腔調。然而，爲了報答她的熱情，我不忍掃興，只好配合她的猜測，硬生生逼出一些廣東腔來。

至於爲什麼會被誤認爲馬來西亞的僑胞，可能跟我當天穿的那條大花長裙脫不了干係。

那位太太眞是非常熱情，又非常愛國，她殷殷交代我要常常回到「祖國」來看看，並詢問我有沒有孩子，是不是有讓他們學習國語……我配合她澎湃洶湧的言論，也淋漓盡致地演出。

公車終於來了！我隨著乘客魚貫上車，刻意找了個離她稍遠的位子坐下，一路上欣賞著窗外的景致。那位婦人坐在前方，靠近車門附近；當我的眼光無意間從人群的隙縫中瞥到她時，她總是回報我以極度友善的笑容。

車子快接近目的地，我按照以往的經驗法則，在車內尋找拉鈴，居然遍尋不著。這一驚，眞是非同小可！似乎沒人和我在同一站下車，眼看就要過站不停了，情急之下，我不顧形象地朝司機高喊：「下車！我要下車呀！」

聲音之淒厲，震驚了許多正打著瞌睡的乘客，我立起身，排開人，邊道歉，邊直奔前方下車。匆忙之中，我聽到方才那位婦人充滿歉意地向左右乘客解釋道：「歹勢哦！是歸國華僑啦！從馬來西亞……」

後腳跟落地，車門應聲關上，我站在揚起一陣煙塵的路旁，笑得直不起腰。

然而，羞惡之心，人皆有之。於是，不恥下問的我，總算在兒女的指導及躬親勘察下，弄清楚了狀況，原來有線拉鈴早已取消，代之而起的是一種黑色的條狀橡膠鈴，只要在黑條上輕輕一按，就可以了。

豁然開朗後，又有一大段的時間與公車絕緣。幾個月過去，聽說信義路往世貿的公車專用車道啓用，我又興致勃勃地前去趕熱鬧。這回我學乖了，事先問明票價，並準備了充分的零錢，婀娜多姿地上了公車。

快到站時，我氣定神閒、輕驗老到地往車窗下的黑條上按，糟糕！怎麼不聽使喚？我當它故障了，換個位置，還是靜悄悄的。我開始急了，怎麼會這樣？不信邪！於是，翻身焦急地用力按遍凡是

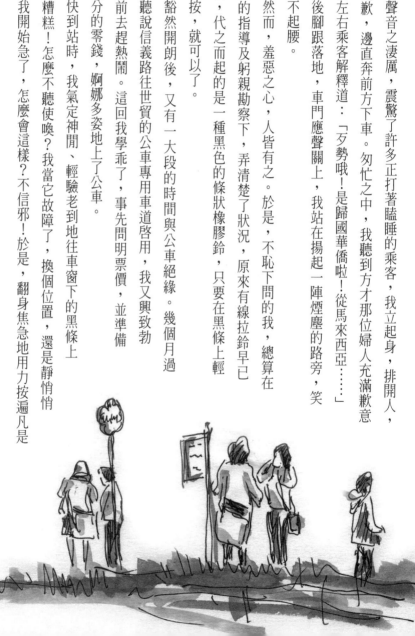

有黑色條狀的地方，包括車窗上四邊的黑框框。車上的乘客零零星星，一位大概一直在注視著我瘋狂舉止的女學生，忍不住了，問道：「你在幹什麼呀？」

「下車鈴怎麼不響？壞了嗎？」

她愣了一下，忘形地前俯後仰大笑起來，差點岔了氣地指著旁邊柱子上醒目的「Stop」鈴說：「喏！下車鈴在那兒啦！這是匈牙利公車，不是以前的公車，現在是按這種鈴……」

幸好車子已然到站，我紅著臉，拔足狂奔下車，覺得自己眞的矬到極點，根本應該咬舌自盡。

這樣的經驗，想是讓我得了幾分驚嚇。因爲，接下來的幾個夜晚，我不停地作噩夢——夢到我又在公車上出醜了！公車的下車鈴不知何時又換了！上車時，改成人手一支喇叭，到站時，必以喇叭示意……

那幾天清晨，我都在聒噪的喇叭聲中驚醒過來。天啊！這世界瞬息萬變，讓人措手不及，居然連公車車鈴也不例外。

——原載一九九七年十二月十五日《聯合報・繽紛》

輯三
逐漸不再說實話

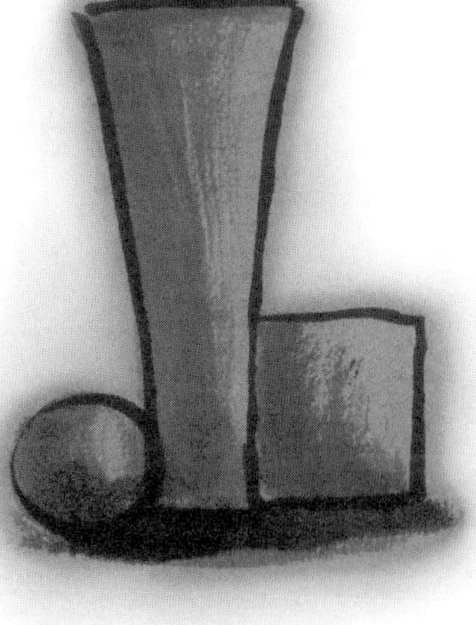

你住在台北的哪一方？

台北的好，只有離開台北時才知道；長途旅遊歸來的遊子，在重回台北時，對台北的眷戀最纏綿。

台北居，忽忽已過二十六年。二十六年間，我一路遷徙，由士林外雙溪而延平南路，由延平南路轉進板橋，再到如今安居的大安區杭州南路，生活圈，幾乎遍及台北的半壁江山。

剛上台北時，我十八歲。台北於我，像是一張設色華麗多彩的名畫，雖眩人耳目，卻明明白白知道與它的距離，對台北充滿不切實際的尊敬。乍離家鄉的忐忑和展翅高飛的興奮交纏，我花了好長的時間，才逐漸拉近與它的距離。如今，在台北扎根發展，逐漸地，我侵入畫布，變成畫裡的人物，像清明上河圖裡挨挨擠擠的眾多庶民般，舉手投足，都被一一描進畫裡：搭捷運、轉公車；到國家圖書館查資料、進國家劇院看表演、赴台大醫院照超音波、到東門市場買魚肉、在街角的舖子修鞋跟、到巷子口轉彎的郵局寄信件……還有，還有，到西門町看電影、到東區逛百貨、開車過民權大橋到B＆Q找一顆特殊的鏍釘、迢迢奔赴天母，和大夥兒一起排隊買甜圈餅。身在台北時，我厭煩計程車司機不停地向我傳輸他的政治理念；我埋怨物價的飆漲更甚於飆升的血壓；我痛恨元宵燈會那支毫無節制直逼耳膜的喧囂喇叭；時時擔心開車出門不容易找到合法的停車格……然而，離開了台北，我手足無措，沒來由地思念起屬於它的種種：便捷與繁華；紛擾與雜沓。站在東歐詩意盎然的建築景觀前，心裡想的，永遠是毫無美感經驗的台北城市建築。台北之於我，就像結婚多年的丈夫，黏他，卻又忍不住要嘮叨他；太習慣他的好，同時也太了解他瑣瑣碎碎的弱點，卻只許自己向別人投訴，絕不容許旁人數落他一丁點兒的缺失。

剛上台北時，窩居外雙溪。故宮博物院旁的相思林，是我的最愛。獨行俠般的我，最喜歡穿上寬長裙，閉目坐在樹下，讓黃色的相思花撒在髮間、裙上，感受無邊無際的浪漫情懷，在物質拮据的生活中，追逐唾手可得的美感經驗。最豪奢的享受，也不過和同學相偕到士林夜市吃火鍋，再帶個大餅包小餅回宿舍；尚未畢業前，我就開始在雜誌社兼差，轉戰西門町，在漢中街、峨嵋街、武昌街和漢口街間四處遊走，當時中產階級的最愛，是香噴噴的金園排骨麵，排隊、搶座位，和其後全盛時期的葡式蛋塔、永康芒果冰、鼎泰豐小籠湯包及天母甜圈餅同樣具有致命的吸引力。台北人喜歡追逐潮流，生活中永遠不缺新花樣。那時節，正當傷春悲秋的年紀，戀愛談到生死交關，電影院裡的愛情大悲劇及時抒解了欲逃無方的情緒，國軍文藝活動中心的平劇哭腔替我傾訴出胸腔裡嗚嗚作響的悲鳴。延平南路一直走到最底端，是我當時居住的地方，小南門的酒釀湯圓，到現在想起來都還打從心底溫暖起來。

如今，我居住大安區，堪稱台北的心臟地區。它生命力超強，虎虎生風，像一座強力的馬達，向四面八方輸送滾燙的血液。向前方一路過去，是中正紀念堂、國家圖書館、外交部、一女中、總統府；向後面行去，是大安森林公園、師大附中、世貿、一〇一；右手邊有台大醫院、教育部、立法院、行政院、成功中學、火車站；左手邊是師大、台大、建中、植物園……。讀書、找資料、看醫生、坐車、練氣功，甚至看立法委員打架作秀，都可以在一炷香的工夫內達成。喜歡熱鬧的人，住在這兒，絕對不會失望，因爲巷子口的杭州南路，一向是所有街頭運動的起點。吃飽、喝足，甚至可以拿中山南路或凱達格蘭大道上的抗爭當作有益身心的運動。它具備最佳的生活機能，食衣住行育樂樣樣不缺。

因爲學區好，朋友和學生的孩子，紛紛朝我家報到，在我們的戶口裡棲身，指望順利躋身一流的國小、國中。事實上，有幾位也眞的一帆風順，一路長驅直入，由中正國中、建國中學，順利進入第一志願的台大，並勇奪史丹佛大學的獎學金。然而，究竟眞是學校老師教得好，抑或學生本身的努力，還是家長的遺傳基因奏效，已經沒有人加以科學性地考據。

因爲地段佳，到哪裡都方便，中南部的親友，總以我家爲「台北行」的根據地。來見識台北捷運的、帶孩子參觀木柵動物園的，住我家；北上參加國慶大典、逛一〇一摩天大樓的，住我家；領著兒女北上考試廝殺、到台大醫院看病的，住我家；從海外歸國的，更理所當然地住我家……最高紀錄是四組互不相識的親朋不約而同進駐，總計十二人。夜裡，床上、床下都躺了人，登山露營的睡袋悉數出籠；白天，考試、逛街、看病、弔唁四管齊下，分頭進行，同時見證人生的生老病死。

大家都感嘆「台北居，大不易」！在台北，吃的貴、住的貴，只要跨過一河之隔的台北縣，一頓同等級的早餐幾乎就可省下十元左右，但是，人人來到台北，都捨不得離開，邊罵邊待了下來。似乎只有台北才有二十四小時不打烊的書店，只有台北才有國際級的國家圖書館；只有台北才有全世界最高的樓房……台北居，固然不容易，卻也提供了大大的方便。尤其對我這樣一位必須常常與圖書館打交道的教書匠，實在再方便不過了。白天，走幾步路就可到國家圖書館查資料；晚上去看戲、聽音樂會，國家劇院、音樂廳和我家只隔一條大馬路。當初選中杭州南路的住處，就是想將中正紀念堂當自家後花園，運動強身或女兒想在後花園贈金白馬王子都不必另闢蹊徑。雖然，其後證明這叫思慮「過」周，因爲懶或其他的什麼原因，運動或贈金最後都只流於空想。

我教書的世新大學，位於台北的東南角。一個星期有四天，我必須行過兩座隧道和一間送終的殯儀館才能到達教書的地方。匆忙過往的車輛在沒入隧道前，往往先被殯儀館前方的紅燈攔下，趁機觀看送終的風景並思考徵逐的意義是我一貫的選擇。我因之曾在專欄中一連寫了幾篇對死亡的感喟，台北的讀者最熱情，馬上由報社轉來關切，勸告我繞道羅斯福路，以避開死亡的灰色話題。他說：

「老師最近看來心情不佳，請轉換路線以轉換心情吧！」

茫茫人海，你以爲寫出的東西沒人看；大哉乾坤，你以爲人情淡薄如秋雲，孰知藉由文字，台北人送來不吝惜的溫暖，我忘了問他：

「你住在台北的哪一方？」

——原載二〇〇五年三月號《台北畫刊》

我不要正直！

整修過後的新家，露出奕奕的神采，彷彿經過芬多精洗禮，全身上下充滿了淋漓的元氣。和煦的陽光、雪白的牆壁、油亮光滑的木質地板，線條完美的裝潢，外加前衛式樣的廚具與家具。夜晚，打開投射燈等的完美照明設備，簡直覺得自己逾越了幸福的界線。

過沒幾天，身陷沙發裡看著電視的我，聽到一個「喀嗒」的奇怪聲響，好像來自頭頂上方的夾板裝潢天花板，我抬頭瞇著眼搜尋，天花板以沉默應對。我以爲自己的耳朵出了錯，繼續將視線投注到ＨＢＯ的影片上。第二天，睡醒的女兒

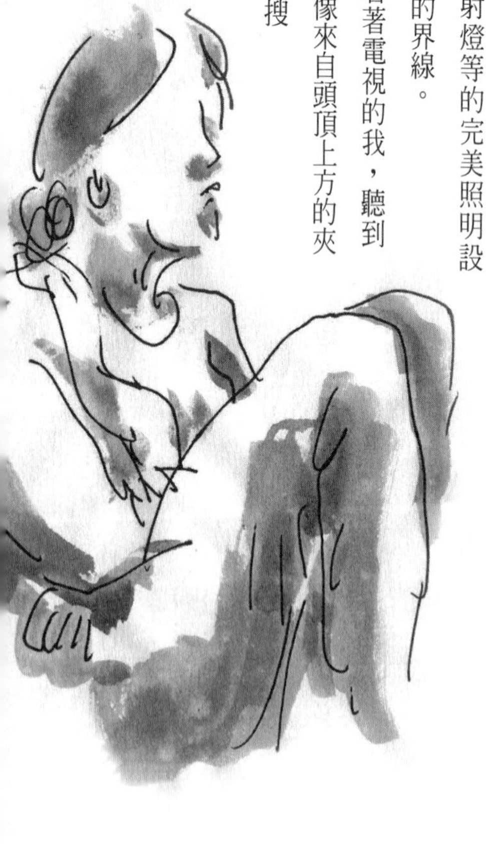

睜著惺忪的睡眼，跑來跟我們說：

「媽！我說了你一定不相信，我房間上方的隔板，在夜裡不斷地嘆息！」

我還沒來得及搭腔，外子和兒子笑得差點兒岔了氣，兒子口裡含著麵包說：

「媽！你總算有個伴了！家裡又出了位誇張的作家！……虧她想得出來！隔板會嘆息？」

看到家裡的兩個男人笑得那麼猖狂，本來想附和女兒的我，臨時決定踩煞車，一語不發。

接著，外子和我一起在書房裡看書，毫無預警地，「喀嗒」一聲在腦門上方響起，外子和我不約而同抬頭往聲音的來處看去，我說：

「眞的！隔板好像在痛苦地呻吟哪！」

雖然也被嚇了一跳，學科學的外子可不隨聲起舞，他說：

「也許木板被藏身其間的日光燈照得暖和了，熱脹冷縮，所以，才發出奇怪的聲音。」

從那以後，時而在客廳、時而在臥房、時而在餐廳……夾層木板不定時發出類似骨節扭動鬆脫的聲音。「喀嗒」、「喀嗒」……剛開始感覺到的嘆息、呻吟，聽久了，竟然隱隱然夾帶著一種壓抑過後的解放快感。

日子就在不時的「喀嗒」聲中過去，幾個月任性地哀嚎呻吟，我們已拿「喀嗒」聲當成生活之必須，像人們伸懶腰一樣地自然，再也沒人為了這樣的「喀嗒」回眸張望。一天，我從久坐的電腦桌前起身，一伸懶腰，又是「喀嗒」一聲，屋裡的其他三人仍不動聲色地繼續著先前的動作，說話的仍舊說著話，看書的依舊低頭看書。我轉了個頭，「喀嗒」又一聲，這回，四個人都嚇了一跳，因為「喀嗒」的聲音並非來自習慣的高處夾板，而是清清楚楚地從我轉動的脖子裡發出。從那天之後，家裡「喀嗒」之聲不絕於耳，我的、夾板的；脖子的、天花板的；手臂的、壁櫥的……像是和弦般，如響斯應，有時甚至於連自己都分不清到底是木板還是手臂發出的怒吼！

兩個星期過去，脖子及手臂的「喀嗒」發聲率越來越高，裡頭的筋骨像是一團同向纏繞的電話線，緊緊糾纏至無法動彈，必得將脖子逆向轉圈子或多次在空中逆向回繞手臂，才感覺鬆脫的解放。逐漸地，偶爾才纏繞一回的關節，慢慢集中至手臂的關鍵處，其後，糾結的情況越來越嚴重，幾乎是才剛在空中繞回放下，電話線又即刻黏纏成一堆。幾次在路旁等人或等公車的當兒，無意識地甩動手臂，竟陸續招來好幾部無辜的計程車。更要命的是，強烈電流不時像閃電一樣瞬間襲擊，從手臂上方以快得不能再快的速度蜿蜒直達五個指尖，麻辣的感覺常讓我誤以為即將半身不遂。

看醫生是勢在必行的了！骨科？神經科？復健科？我在掛號處猶豫徘徊，掛號小姐當機立斷，幫我下了決心：

「三科都行，今天骨科患者少些，就掛骨科好了！」

醫生判定是同一姿勢坐太久所導致，讓我先去照 X光片，再簽下物理治療卡。還不到一星期，我掛了神經科看結果。醫生偏著頭看著 X光片，說沒什麼大礙，只指著頸椎部分說：

「你的頸椎與眾不同，人家的都是漏斗形，上下寬、中間窄，而且上方略偏一邊；你的卻中間和下面一樣窄，而且正直得不像話。」

正直得不像話？這算什麼評語！我問他何以致之？他簡要地說：

「天生的！」

我忍不住吃吃發笑，原來我的正直是天生的！今天終於眞相大白。雖然手臂仍然刺痛難熬，但一想到連醫生都能從 X光片裡看出我的正直，人生總算沒有白活。何況，多年前，我曾因類似症狀前去榮總求診，X光片亮出來後，診療室還差點兒爲之擠爆，因爲醫生宣稱我的人體結構與眾不同，平白多出一根肋骨，護士們爭相走告，紛紛來瞧瞧是怎樣強悍的女人，居然需要從男人身上巧取豪奪兩根肋骨才能成就女身。看來我眞是天生異稟！每一回裡裡外外的身體大搜索，都有外表無法窺看的驚人發現。

第三次門診，因爲正値物理治療期間，所以，我改掛復健科。爲求謹愼，我仍然去借了X光片來，以利醫生做出正確判斷。這回，醫生又有了不同的說法，他指著片子說：

「你看！頸椎上長了骨刺嘛！而且頸椎長得這麼正直也是個大問題！」

這可讓我大吃一驚了！長得正直原來還是個大問題！他捏捏我脖子上的肌肉，進一步解說道：

「你看！脖子的肌肉那麼緊張！頸椎之所以變得這麼正直，是因爲兩邊的肌肉過分緊張、不停壓縮所導致的硬頸。過日子要放輕鬆，不要太緊張。神經繃得太緊，就全反映到肌肉上來了。這回，除了做蒸汽墊、皮神經刺激外，再加上頸牽引吧！」

除了正直之外，我終於了解我最近人生的諸多不順，可能還得加上硬頸的惡果。正直的因素可能如神經科醫生所言是天生；也可能如復健科醫生所說是因爲硬頸的關係，太緊張的生活讓人越活越艱難。總之，我慢慢了解現實生活中硬頸且正直的人注定了是要吃苦的。

於是，我放慢腳步，每日在固定的時間向醫院復健中心報到。藏身在一群衣著隨便的老弱婦孺之間，排隊報名、領蒸汽墊，排排坐，用滾熱的蒸汽墊溫熱我正直的脖子（這時，我總無端想起早年課本裡對人民公社的形容）；接著，在皮神經刺激的機器前，讓倔強的硬頸接受斷續如針刺的治療；最後，再坐到牽引機器上，像上吊一樣地拉長脖子。我注意到在復健室裡出入的人，多已培養出同病相憐甚至相濡以沫的情感，排排坐的同時，很自然便會和旁座的人相互切磋病情並互報偏方。我在接受復健的第一天，便被一位年近八旬的老婦告知維骨力的重要，當然也同時被迫收聽她從五十歲至今的身體及精神變化并及冗長的復健史。她滔滔傾訴，完全無視於我痛苦的齜牙咧嘴。相對於這種亢奮型的病患，接受頸牽引的人的表情便顯得猥瑣，似乎有些見不得人，要不是閉目養神，就是露出尷尬的表情駭笑著。輪到我的時候，我總想著古人懸梁刺骨的堅苦卓絕，假設天將降大任於本人，所以，正勞其筋骨，沒什麼好害羞的！我力求神情光明磊落以符合醫生所說「正直硬頸」的形象。

回到家，肩胛骨依然不時地「喀嗒」、「喀嗒」響，和天花板間的呻吟相互應和著。家人早習以爲常，「喀嗒」的聲音變得家常，彷彿從來就是這樣。我開始歸納夾板與肩胛的異同，也開始思考正直與硬頸、天生與環境的諸多關聯，更不時檢討我緊繃的人生與對新屋美善期待之間的必然因果。從屋子整修完畢、搬遷進入之後，我們總目光炯炯地注視著屋子的動靜，水管漏了嗎？油漆龜裂否？電插頭管用嗎？蓮蓬頭無恙嗎？……我們拿著放大鏡，不停地企圖找出不盡完美之處加以求全，唯恐將來追索不易地及時商請設計師加以改善。一屋子的夾板如若有知，看到它的朋友受到的苛責，怕也要肌肉緊張地正直起來吧！這難道是它像我一樣不停痛苦呻吟的原因嗎？我忽然憶起從進住之後便一直漏水的乾濕兩用浴室，在水泥工人百般修理後，仍滲水不斷，直到我們心灰意冷，不打算再搭理它了之後，它竟然莫名其妙地就不藥而癒了。難不成生活果眞當更自在些？步調該再放緩些？必要時，得常常把眼睛移向看不見的遠方嗎？

「喀嗒」！「喀嗒」！夾板的？我的？啊！管它的！我要放輕鬆，我不要正直！

——原載二〇〇三年九月二十二日《中國時報・人間副刊》

女人需要感激涕零嗎？

推開空碗，拉開座椅，我大剌剌地從餐桌前離開，走出餐廳的剎那，慣常故作輕鬆地丟出一句話：

「我今天白天累慘了！別叫我洗碗。」

餐廳到客廳，要走過一條長長的走道。在行過走道的那幾秒鐘裡，我的心情並不像我的表情般自若，歉疚、心虛夾雜著莫名的委屈。幾年來，在這條短短的走道上，我從未停止過台灣女性的反省與掙扎——傳統與現代觀念在心裡交互爭戰。如果前一天的碗是我洗的，我就安慰自己：

「我又不是完全不負責任，昨天的碗還不是我洗的！」

如果很久沒有洗碗了，我就告訴自己：

「雖然沒有洗碗，飯菜可是我做的，難道不該分工合作嗎？」

如果剛好既沒做飯，又不想洗碗，我就努力說服自己：

「學校的事已經把我搞慘了，累得像個龜孫子！難道家人就不該分憂解勞嗎？否則我結婚幹什麼？又爲什麼要生孩子？」

如果久疏家務，我就假裝身體不舒服，露出病懨懨的樣子以逃避疏懶之名。久了，覺得自己行爲可恥，就會忽然惱羞成怒起來，叨念著：

「我做了幾十年的家事，憑什麼就該我一直做到死？」

家人總弄不懂我爲什麼要莫名其妙地生氣，既沒有人指責我偷懶，也沒有人抱怨或推卸洗碗工作。說起來，純粹是我個人腦海裡的天人交戰。像我這樣的女子，自小便被教養著，準備成爲一位任勞任怨的家庭主婦，一旦稍稍廢弛了家務，傳統和現代就狠狠地在心裡打了好幾架。而像我這樣經常自責的女人，在台灣的中老年齡層的女性中，絕非個案。

自從五年前，外子自中科院退休後，便陸續接手了一些原本隸屬於我的工作。從那時起，最常聽到外子的抱怨是：

「今天，先是去郵局，再到銀行、市場，接著去八德路買 Key Board……整天被這些瑣瑣碎碎的事給絆住，沒辦法做一件正經事。」

我不大確知他所謂的「正經事」指的到底是什麼，不過，在他還沒退休前，那些他所謂的「瑣瑣碎碎的事」，都是我掙扎著在課餘時間包辦，我可從來不認爲那是無足輕重的「瑣事」，我總是在晚餐桌上，向他邀功：

「你知道我今天做了多少事嗎？上郵局領稿費、去銀行繳貸款，還去街角修了鞋，到東門市場買了菜，還去超市添購了衛生紙……」

一位回台開畫展的朋友，在「展前感言」裡，悲壯地寫著他赴美期間強烈的沮喪心情：

「每天扮演著良家婦男，送小孩上下學、煮煮飯、整理花園、種種果樹、除除草……偶爾還會去海邊湖邊釣釣魚，每天晚上望著天空、看看星星、想著故鄉。」

這般詩情畫意、讓女人羨煞、妬煞的生活，竟被這位男性畫家喪氣地形容爲「放逐」！男人和女人對家事的認知眞是南轅北轍。也許，男人被社會期待所制約，一向以國際民生爲己任，所以，不慣從事看起來沒什麼成就的小事，當他們在做這些事時，便覺得委屈萬分。他們寧可去搶銀行，鬧出點兒動靜來，也不願在郵局的櫃檯前架起老花眼鏡仔細塡寫提款單，因爲那樣讓人看起來顯得小頭銳面，不堪重任，台灣的男人一向是被期許成爲國之棟梁的。

我的先生被大家公認是個新好男人。他跟我一樣，勤奮、向上，不辭辛勞。在還沒退休之前，他就是一位肯幫忙做家事的男人。親友來了，看他又切水果、又煮咖啡的，總對他讚譽有加。而我老不服氣，他的朋友來了，我同樣切水果、煮咖啡，外加說笑話娛樂賓客，大夥兒都沒什麼特殊感受，似乎是理所當然的事。退休之後，他偶爾在我遲歸之時，接手晚餐，在飯菜端出之際，我總是感激涕零，恨不能以身相許；朋友聽說了，簡直又羨又嫉，把他封爲稀有的保育類動物；母親來了，看到女婿在廚房忙進忙出，簡直羞愧得無以復加，屢次提醒我：

「阮一世人不曾讓恁老爸入灶口（廚房）！哪像汝！」

言下之意，是我「不盡婦道」，而她「教女不嚴」既已成爲事實，只好頻頻提醒我該知恩圖報。剛開始，我尚且謹遵教誨，對良人的嘉言懿行致意再三。其後，親戚及來往的朋友不斷地提醒我：

「你哦！運氣眞好，嫁了這麼個好丈夫！」

次數多了，越思越想越不是滋味！我不但素性溫良恭儉讓，家裡的活兒幹得也沒比他少，怎麼就沒人稱許我是個好太太？怎麼就沒人提醒他能娶到我有多麼幸運？後來才知道，原來恪盡職守的太太是稀鬆平常，台灣的女人要得到高評價，光憑樂觀、健康、快樂和盡責是不夠格的，她必須堅苦卓絕，忍人所不能忍。君不見每年五月選出的模範母親，評比的標準是甚麼？竟然是痛苦指數！若非吃盡苦頭、歷盡風霜，或正在苦難中煎熬，便休想得到殊榮。最好是家裡食指浩繁，她日夜操勞，使得孩子們出類拔萃，如果家裡正好還有兩位等著她幫忙翻身、包尿片的重度失智老人就更符合標準了。

「在外匯存底高居世界前幾名的社會，如果只用這樣的標準檢視女人，根本是台灣之

恥。」

雖然，我常在外頭的演講場合中如此再三陳辭，慷慨激昂地提醒女性不要跳入男性所形塑的「母職神話」圈套裡。然而，回到家，自幼即被耳提面命的「女誡」、「女德」總不期然地在內心蠢動撩撥。

年少時，哥哥夜裡餓了，想吃宵夜，母親總指使我去幫忙張羅。我若嘟囔著：「他餓，不會自己去弄來吃！爲甚麼我就那麼倒楣？」母親總會生氣地罵道：

「汝這個查某囝仔哪會這尼懶惰！」

哥哥的衣服皺了，「汝幫伊熨一下！」；哥哥的褲子脫線了，「汝幫伊縫一下！」；哥哥的屋子亂了，「汝幫伊整一下！」；哥哥的……母親嚴厲，我不敢回嘴，但心裡那份愕然及不服氣，幾十年都一直盤據心頭。可是，媽媽振振有辭地說：

「查甫人免學這些，汝是查某，不共款！若無自細漢就學起，將來是要如何持家！」

前年，在紐約見到昔日好友，和她午後款款深談，她提起父母的重男輕女，仍舊久久無法釋懷。她說：

「家裡孩子多，我和弟弟年齡接近，母親儼然當我是保母。我玩晚了，回家一頓好打；弟弟在外玩瘋了遲歸，沒有盡到提醒之責，還是我挨揍。哥哥、弟弟隔幾日各有一個荷包蛋吃，我只有在弟弟心情不錯時，得到恩准舔他盤子上殘存的蛋汁，現在想起來依然心酸。」

我當下忍不住掉下淚來。那樣的殘忍，竟來自相同性別的母親，受苦的女人忘了疼、忘了痛，一轉身即刻成爲加害者，啊！女人何苦爲難女人！

老人社會逐漸逼近，我們驚訝地發現，輪流由各家兒女照料的老人家求全的並非兒子、女婿。婆婆大駕光臨時，嚴陣以待的，絕對不是她自己的兒子，兒子作息依舊，外出或應酬絲毫不受影響，依然逍遙「家」外；受困的是別人的女兒——媳婦，得像被宣判服刑般地固守、寸步不離地侍候，朋友間例行聚會照例缺席，朋友們都體諒地戲稱她「又服義務役去了」。

台灣的女性想在婚後進修，經常受阻於婆家、丈夫，他們總會說：「結婚了，還讀甚麼書！把孩子看好就行了，又不缺你賺錢養家。」可是，男人只要稍稍透露進修意願，卻常常得到絕對的支持，太太總是忙不迭地幫忙蒐集資料、敲打作業。畢業典禮上，很多教授都笑稱學位該頒給隱身男人背後的太太。

我們若有機會到醫院走動，很快便會發現台灣女人才眞是家之棟樑。丈夫病了，固然是由太太陪病；婆婆病了，陪病的不是媳婦就是女兒；公公病了，也還是婆婆、媳婦、女兒侍候。如果病的是女人，照顧者依然是女人，女兒、太太、媳婦、媽媽、婆婆……從年少到年老，女人的腳色隨年齡更易，不變的是永遠扮演最辛苦的腳色。前述的陪病，若是女人無力勝任，男人通常也不大伸出援手，他們多半尋求職業看護幫忙。可是，女性如果要求比照辦理，則往往被冠上「不肯盡責」或「偷懶」的污名。

一直聽說男女平權了，女性對原生家庭也該分擔孝養的重責。我所認識的女性朋友中，多數也都無怨甚至慷慨的扛起，不管已婚或未婚、不管兄弟是否同樣負責，都按月奉上生活費。可是，不管兒子如何不孝，做父母的總還是殷殷告誡女兒：

「雖然民法規定女兒也有繼承權，但是，等我們百年以後，一定要將印章蓋出來，可別眞的回來跟你們的兄弟爭產，這會笑掉人家的大牙的。」

電視裡，因爲打破蟠龍花瓶而做牛做馬的唐先生，在台灣的家庭裡是絕對少數。男人只要能在下班後，繞道 7-11 去買些速食解除職業婦女兩面煎熬的困境，就能得到太太甜美的笑靨。然而，這樣讓女人感受溫暖的男人畢竟太少。從《詩經．衛風．氓》裡那位色衰愛弛、哭著被休回娘家的可憐女子開始，一路張望，幾乎都只見到男性的酷烈、女性的辛酸。我們所熟悉的「上山採蘼蕪，下山逢故夫」的漢魏婦人、〈孔雀東南飛〉裡被婆婆欺負的焦仲卿妻劉氏、被丈夫戲弄的秋胡妻子、苦守寒窯的王寶釧、受辱的焦桂英、被棄的秦香蓮、趙五娘，還有怒沉百寶箱的杜十娘……哪一個不是歷經折磨！甚至現代的琦君、潘人木、蕭麗紅的作品裡，都還充斥著堅毅隱忍、含辛茹苦的女性，難得看到一位不甘雌伏、意欲享受生命滋味的芸娘，卻也無法擺脫傳統女性痛苦的宿命。父權社會裡，將「苦

難」賦予崇高的光環，緊緊箍住女人撲撲欲動的情思。

中國文學中的女性書寫，一逕延續著「怨」的傳統，時代的巨輪像踩著風火輪般快速轟轟往前跑，實際人生中的台灣女人，卻用被傳統裹著的小腳碎步追趕，怎麼不累得頻頻原地喘息！李昂塑造了一位殺夫的女人，雖然聲音瘖啞、怒吼窒悶，總算讓女人從隱忍的「怨」匍伏前進至不平則鳴的「怒」來。然而，前衛的書寫不敵眞實的人生，《殺夫》出版後的多年，曾應台北市文化局之邀，前去擔任母親節徵文比賽的評審工作，印象最深刻的，便是前來應徵的一千多篇文章裡的母親，幾乎個個身世坎坷，人人一把辛酸淚，卻悉數「無怨無尤」！這不是神話，而是眞實發生在二十世紀台灣的事，我們不停地頌揚「吃苦」的美德，卻忘了只有主中饋的女性快樂了，家庭才有可能得到眞正的幸福，由怨而怒，女性情感發展史一路蜿蜒迤邐，何時才能敞開胸懷，理直氣壯地享受「快樂」？

屬於我母親的年代，女人成天在廚房裡接受煙燻火燎、和煤油球奮戰；屬於我們的年代，許多的女人希冀在廚房之外找到自己的天空，卻仍不免縛手縛腳、步履癲狂；多麼希望我們的下一代的女人能享有更多的平等對待，女性能徹底在思想上得到解放，體認到：

「享受生命是權利，不是奢侈，毋須愧疚；兩性共組的家庭，男人分擔家務是理所當然，只需給予尊敬，女人不必感激涕零。」

——原載二〇〇三年十二月十七日《中國時報．人間副刊》

逐漸不再說實話

年少時，是個愛恨分明的人。見到不善如探湯，非但加以唾棄，還千方百計讓對方知道自己對他的憎惡。因爲如此，得到「烈女」的稱號。當時洋洋自得，以爲嫉惡如仇、摘奸除惡是剛正嚴明的表徵，應爲世人所欽仰。

擔任編輯時，我的頂頭上司是位八面玲瓏的人，對我這般不假辭色的正直顯然有些吃不消。譬如，投稿來的作品，如果沒達到刊登水平，依我的想法，就該及早退回原作者，斷了他的懸念，讓他另謀出路。然而，我的上司總說：

「再放放！過段時間再說，這位老作家曾經寫出很好的作品，他聽不得實話的。」

這一放，也許就是半年、一年，等到作家再來追究時，因時日久遠，倒不好意思退稿了，只好勉爲其難刊載。那時，我總弄不明白這是怎麼一回事！一件簡單的事，幹麼搞得那麼複雜！長江後浪推前浪，再好的作家也該接受檢驗嘛！不敢得罪人！哼！說穿了就是鄉愿。

另外，有些在刊物上發表文章的作者，爲了希望多要一本刊有他大作的當期雜誌，並不直言自己貪小便宜的企圖，反而嫁禍郵局，僞稱沒有收到我們寄送的雜誌，希望再多拿一本或補寄一冊。我那圓滑的上司儘管知情，不但不加以揭穿犯行，甚至還變本加厲地讓我多取幾本贈送。初出社會的我，對這樣的行爲眞是非常不以爲然。若是直奔社裡來的現行犯，我通常會挑高了眉毛，睨著他說：

「不會吧！台灣的郵務不是出了名的精確嗎？我再去郵局問問。」

如果作者以電話弄奸取巧，我便會拒絕從命，並對上司發出正義之聲：

「若是直言懇請多寄送幾本以便分贈諸親友，倒也誠實；這人分明是個鼠輩，居然嫁禍郵局以取利，雖是區區幾本雜誌，姑息養奸，社會風氣就是因此日益敗壞的。」

有幾次，上司動之以情，說：

「作者在我們這兒發表文章，想要多擁有一本，也是人之常情，何況大家都是好朋友！」

我一聽，就更生氣了！冒著被炒魷魚的危險，直拗地說：

「這樣說就更不對了！作家寫作，我們寄他兩冊並付他稿費，合情合理。他若想留作紀念，或分送朋友，就該另外花錢購買。如果你顧念友誼，想要成全，就該自掏腰包。怎麼你做人情，公司買單！這不是太奇怪了嗎？」

我的上司是不是暗自咬牙切齒，我是不知道，但是，說實話我在行，才不管他是不是內傷累累。無奈的上司只有訕訕然回說：

「要你一下子長大是很殘忍的事，等你年紀大些，就明白世間事不是那麼簡單的。」

從那以後，遇到類似的事，他不是找別的同仁幫忙就是躬親爲之，免得自討沒趣。

其實，我那樣的剛直行徑其來有自。高中畢業那年的暑假，忘了受到哪本書的啓發，或是幾年來公民與道德教育終於生根發芽，我決定做個頂天立地、堂堂正正的人。暑假過後，甫上大學，我馬上將信念付諸行動。一回，上課鈴響，教授遲遲未到，彼此仍舊生疏的同學，大多埋頭看書，一位男同學不知道是心情太好或太壞，站在教室後方，引吭高歌，一首〈素蘭小姐要出嫁〉反覆再三。十分鐘後，我再也按捺不住，轉過身去，朝他大聲地喝止：

「可不可以請你不要再唱了！你難道不知道已經上課了嗎？很吵哪。」

說完，心臟蹦蹦跳，也不敢看他的表情，回頭正襟危坐，一副正氣凜然的模樣。教室裡，霎時進入尷尬的安靜狀態。已經忘了那位男同學當時是如何善後的。不過，清楚地記憶著，畢業後的一次同學會裡，那位同學委屈地回憶起那回的羞辱事件，他說：

「與高采烈上了大學，沒料到開學沒多久，竟然被你當眾喝止，覺得太沒面子了！心理非常不能平衡。無計可施之餘，一連幾個禮拜，我發憤日日早起，趕在上課前，在你的課

桌上踩三個鮮明的大腳印洩恨！不知道當時你覺察了沒？」

凶手終於現身！有一段時間，不知課桌上何以經常有奇怪的腳印出現，內心裡的一宗疑惑，至畢業後的那日才宣告答案揭曉。那時，我對人情世故已然稍有理解，對那位滿心委屈的同學眞是感到無限的抱歉。像這般直言無諱、正直剛烈的行爲，因爲經常不定期的發作，也不知得罪了多少人而不自知，自己卻仍洋洋自得，以不姑息養奸自許。

結婚、生子、當老師，日子一天天過去，我那頭角崢嶸的毛病到底在我的人際關係裡引爆了多少禍害，其實，我並不是太在乎。可是，我擔任了教職，對社會學、心理學稍稍有了涉獵，知道直言無諱可能對學生的傷害，當下決定改弦易轍，做一個以鼓勵替代責備的好老師。批閱作文時，總在說實話前，先行粉飾一番。批評文章沒見解、乏創意前，先鼓勵他「文字清暢」；如果連清暢也談不上，便評道「書法清麗」；萬一字跡也讓人不敢恭維，便說：「書法整潔」。在鼓勵言詞之斟酌上，堪稱用心良苦！雖然如此，我堅持不說謊言，只是避重就輕。

然而，不知道從何時開始，逐漸發現人際間一種極爲弔詭的現象，沒有人願意相信你說的實話，說實話竟然行不通了！五年前，我從公立學校換到私校教書，就和說眞話有密切關聯。

系裡年年爲了主任人選傷腦筋。因爲我的年資較久，自然也成爲候選人之一。最後那年，院長、教務長、政戰部主任輪番上陣遊說，希望我能擔起行政工作。說實話，獨善其身尚且有些困難，要兼善天下，自忖萬萬不能。我婉言拒絕道：

「我自制力甚差，從來沒做過好榜樣，系務讓我這種亂七八糟的人搞，鐵定不到幾日便一塌糊塗，就請豁免我吧！我情願多教幾門課，千萬不要叫我擔任行政工作。否則，過沒幾天，保證你們就會後悔莫及的。」

我侃侃條列個人缺失數十條，條條直指不適任之核心。然而，不管我如何情辭懇切，他們只是微笑著，不為所動，老神在在地回說：

「你太客氣了！我們一致認為你是最適當的人選。」

我看大勢不妙，只好祭出撒手鐧，表情嚴肅地說：

「我是說真的，絕不是客氣。如果你們一定要我接系主任的工作，那我只有離開學校一途囉。」

他們依舊只是微笑著說：

「你真是太客氣了！像你這樣的人選哪裡找去……」

我估量著無計可施，只好答應博士班同班同學王瓊玲主任之邀，接受世新大學中文系的聘書。當我向校方正式提出辭呈時，他們竟不約而同地說：

「你若是真的不想接行政工作，我們也不會勉強你的呀！你幹麼不說？」

「我說了呀！」

「我們以爲你是謙虛、客氣。」

「我說過我不是客氣呀！」

「怎麼會這樣？現在怎麼樣才能留你？……你知道，我們是絕不會放你走的。」

我啼笑皆非地表示新學校已經三級三審過了，沒辦法留下了。院長竟然情緒性地回說：

「三級三審有甚麼了不起，必要時，我們可以給你七級七審！」

我因爲說了實話，不被採信，不得已離開教了十九年的學校，這件事眞是讓人印象深刻，一輩子都忘不了。

因爲教書之故，常會應邀擔任論文討論人。一回，我問明學術論文主題後，發現與我的研究專長不符，便婉言拒絕擔任討論人。電話裡，那人毫不氣餒，說：

「怎麼會不符？您不是研究戲曲的嗎？」

「可是，論文是清代詩歌呀！」

「哎呀！詩詞曲不都是一脈相承的嗎？橫豎都是韻文呀！」

「不是有許多眞正研究清詩的專家嗎？怎麼不找他們？」

「您就是專家呀！反正說話的時間只有十分鐘，您隨便說說就行了！」

「隨便說說！怎麼能隨便說說？我每次參與討論都是全力以赴，怎麼能隨便說說？」

大約是我的語氣有些不悅，那人於是見風轉舵，改口說：

「不是說讓您隨便說，是說您既是專家，不需費力準備就能勝任愉快。」

「哪有這樣的事！我對清代詩歌毫無研究，又沒有給我充分的時間準備，這是不負責任的做法，我建議您應該去找眞正的專家。」

「哎呀！您就別客氣了！我們就是認爲您是專家才來找您哪！您太客氣了。」

死纏濫打的，不管我如何推辭，他就是不肯放下電話，堅持認定我就是最佳人選。無計可施的情況下，我靈機一動，佯裝應允之後，假裝翻查行程日記，然後，用無比遺憾的口吻說：

「啊！眞糟糕！你說的那個時間，我已安排了另外的一場活動哪！歉難從命。」

謊話才一出口，來人即刻不再戀棧，慌忙掛下電話，尋找另一個「專家」去了。奇怪的是無論如何和對方老實陳述，就是脫不了身；隨便的一句謊言，立刻達到目的。在這種情況下，你以後還會費時費事地說實話嗎？

幾年前，大學招生增加了推甄方式，竟然有親戚從中部北上，帶著孩子和禮物來家裡請託，希望能藉著我的關係向孩子推甄的學校教授進行關說。我覺得事關重大，怎麼會有人認爲爲學校選才的教授是可以關說或收買的，太不可思議了！我覺得有義務把道理說清楚，當下拉下臉來，告訴她：

「你怎麼會有這麼荒唐的想法！這是絕無可能的事！說實在的，如果有人因此來向我關說，我一定不由分說先扣他至少二十分！這根本是對教授最大的侮辱！」

講到這兒，怕這番話說得太重、太傷人，我緩下語氣從實際面補充：

「好！就算我眞的去拜託人家，也不會有人答應幫忙的啦。何況，推甄面試通常有好幾位老師，一個人起不了甚麼作用的！你千萬別胡思亂想！現在，最有效的方式，就是趕快帶著你的孩子回家，讓他把握最後時間衝刺！……教授哪裡是這麼容易被收買的，開玩笑。」

最後，我還是忍不住說了句重話，她臉色鐵青地帶著孩子和被退回的禮物倉皇離開。

我當然知道最和氣、最不傷人的方式是留下禮物，答應幫忙。然後，甚麼也不做，隔幾日後，打電話告訴她，那位我所認識的教授出國去了，很抱歉幫不上忙。然而，我絕不能這麼做，一來不能讓她徒然抱持一個空虛的希望，更重要的是，不能讓推甄制度莫名其妙地被污名化。我因為說了實話，得罪了這位親戚。他不但沒有對我高潔的人格表達敬意，回到家鄉後，還恨聲不止地埋怨：

「當教授的有甚麼了不起！如果不是我人面不夠廣，幹麼要去拜託她。不幫忙也就算了，還訓了我一頓。以前以為她是個通情達理的人，現在才知道……唉！真是知人知面不知心哦！」

人人不願聽實話、受不了實話，也不願相信別人說的實話，這真是個讓人傷腦筋的世界。人們情願相信虛妄的謊言，也常常依賴不可靠的溫暖度日。一位醫生朋友告訴我，不管他如何信誓旦旦地告訴病患家屬一定全力以赴，家屬總疑心沒有收紅包的醫生的可靠度，醫病關係彷彿只能靠紅包和關說來建立；今年SARS流行期間，一位高燒不退的親戚，被留置在一間小醫院的負壓病房內，家屬心急如焚，唯恐小醫院無力照料，在電話中苦苦哀求我，希望能懇請我熟識的榮總醫生幫忙轉院。正當風聲鶴唳之際，SARS病患豈能私相授受！這是多麼簡單的道理！然而，心亂如麻的家屬哪聽得進實話，我深知家屬的焦慮，雖明知徒勞，也只能雪中送了桶起不了火的炭，遵囑去電拜託，結果當然一如所料地失望了。因為沒有及時說出實話，那桶炭光看著，便讓人感到溫暖。

三十多年後，我慢慢了解我的上司說的「世間事不是那麼簡單的」。雖然，我仍舊不慣說謊話，卻逐漸不再說實話了。

——原載二〇〇四年一月四日《自由時報・副刊》

你情我願？你親我怨？

我的指導老師張清徽教授尚未辭世前，經常在下車後，跟我抱怨計程車司機：

「你有沒有注意到司機兩隻眼睛賊賊、色色的，從後照鏡直盯著我們看。眞是嚇死人！」

在垂暮之年，猶且感受到異性賊色之眼的侵犯，我當然不敢直言老師的防衛過當，但是，不免在心底嘀咕她未免太過敏感，我當司機的注目是對我們師生對談的好奇與尊敬，一點沒感覺到他眼睛裡曾流露出任何的顏色。

一位知名的女作家，和我談起某報社的主編，又撇嘴又瞪眼地抱怨：

「那傢伙是個色胚！你要小心點兒。」

我說不會呀！人挺親切的。

「親切？見到人，就拉手、摟抱的，存心不良，怪討厭的！」

我即刻想起上回和該主編見面時的情景。他見我出現，立刻從座位上起身，趨前緊緊

握住我的雙手，再來個大擁抱，接著用手環住我的肩膀，邊走邊和我談著。回家後，我跟外子聊天時說：

「主編待人好親切，一點都不端架子，看到我進辦公室，立刻起身相迎，親密擁抱，我覺得挺窩心的。」

四年前，我爲執行國科會計畫案，走訪客居紐約的華文作家及學者。一位知名的文學評論家熱情地接待我們夫妻倆。在訪談的過程中，他一直拉著我的手，親切地又拍又摸，並不停地讚美著：

「啊！你的手好漂亮！」

外子爲我們照相時，他還積極爲我理理額前的髮、整整胸前的別針。吃飯的時候，他爲自己叫了杯酒，並極力慫恿我也來一杯。他說：

「好喝得不得了！不信，你先嚐嚐我的。」

接著，便將杯緣直遞到我的唇邊，我只好嘗試著喝了一口。回到台灣，他還追來一信，說：

「讓我們成爲無話不談的好朋友吧！」

我感動地向文友談論在異域受到的殷切款待及回來後收到的熱情洋溢的信件，每回轉述時，聞者無不吃吃發笑，不約而同說：

「×老眞是不改風流本色！」

幾次下來，我才慢慢驚覺對無言的肢體動作的解讀，眞是言人人殊，因著個人感受的不同，有著迥異的詮釋。

張老師，雖然年過八十，仍然嚴別男女界線。她自年少起，就屢屢覺得看電影時，總有毛手毛腳的男子覬覦在側，必須不時更換座位；前述的知名女作家，常常覺得路上男人個個不懷好意，似乎企圖襲胸、輕薄者比比皆是。而我，自幼大而化之，說得好聽些，叫做「胸無城府、天眞爛漫」；說得實在些，就是「粗枝大葉、毫無警覺」。年過四十時，在西門町看完電影出來，於麥當勞門外，遇到年長慈和男子搭訕，錯以爲邂逅記憶模糊的老朋友，還和他閒扯了半天：

「看完電影了啊？」

「是呀！」

「要去哪兒呀？」

「回家呀！」

「這麼早就回去啊？」

「不早囉！天都快黑了。」

「回去幹麼？再待會兒啦！」

「不行啦！得回去做飯囉！」

「不要回去啦！留下來我請你再看一場電影啦！」

經過這一番死纏濫打，至此，我才稍稍啓了疑竇。問他：

「我們在哪兒認識嗎？」

「現在不就認識了嗎！」他嘻皮笑臉的回答。

我這才恍然大悟，原來遇到了無聊的怪伯伯了！反應遲鈍到這種地步，固然是因爲對人性的過度信任所導致，其實，也跟個人的情性大有關聯。不拘細節的個性，使得我常常忘記性別。上了計程車，只要看到司機在後照鏡裡窺看，我立刻回他嫣然一笑外加問題一籮筐，一路從「今天生意好嗎？」「最近路況有改善否？」一直聊到「看起來有一點累，是不是工作太辛苦啦？」「家裡有幾個小孩？還在念書嗎？」如果收音機開著，還可能和他共同臧否一下節目，甚至順著收音機裡的話題，一路討論下去，直談到雙方宗教信仰、國家認同……只差沒在下車時互留電話號碼了。司機忙著接招都來不及了，焉能心存他念！

大學時，在外雙溪住校。學校宿舍傍山而建，窗外是一片密密的樹林。一日黃昏，宿舍內忽然一陣騷動，繼之驚叫連連，原來是一位變態男子在密林裡向著宿舍窗口遛鳥來了。想是年少的女子的尖聲驚叫引起他極大的興奮，一連幾日，持續出現。幾次過後，新鮮感不再，加上教官輔導女同學們以平常心對待，男子失了興致，就此不再出現。後來，聽說他轉換跑道，不時出現在東吳校門口前的馬路上嚇人。一次，我從校外歸來，他忽然從一旁閃過來，打開風衣，向我裸露私處。我偏著頭看他，簡單扼要問他：

「你打算幹甚麼？」

他或者沒料到我會提出這麼直接的問題，愣了一下，即刻掩袂快閃。

另有一回，發生在西門町。那日，我走在漢中街上，迎面一位戴眼鏡、看起來挺有學問的中年男子衝著我笑，我不疑有他，基於禮貌，也回他一笑。沒料到側身通過時，他竟然用胳膊猛地朝我的胸前一撞，然後若無其事地往前行去。反應遲鈍的我，在前行約莫百餘步後，才猛然想起被吃了豆腐，越想越氣，於是，急急轉身朝後方追了約莫一百公尺，捲起手上握著的雜誌，朝他的後腦勺重重一擊，他冷不防受此一擊，嚇得大叫起來。路上行人都爲之駐足注目，我得理不饒他，破口大罵：

「色狼呀你！變態！」

一干行人，立刻齊齊從眼珠子裡射出利箭，射得那位老兄差點兒亂箭穿心，只能狼狽逃亡。

年輕時候，辦公室裡人馬雜沓，來來往往的，不乏輕薄之人，屢屢以黃色笑話作爲談資。當時閱歷欠缺，有些需要腦筋急轉彎的黃腔，我完全無法辨識，總要打破沙鍋問到大夥兒笑得岔了氣時才稍稍有所警覺。不過，也因爲對黃色話題既不知應該臉紅又無法心領

神會，久而久之，因爲聽者的無知，言者慢慢覺得無趣，而終於被排除在強迫「眾樂樂」的名單之外。

被黃色笑話所侵擾或不舒服的肢體接觸，其實並無法明訂共同的標準。古代的女人被男子瞧見胳臂，就恨不能斷臂以成全貞操，今日公車、捷運上人擠人，若依前人標準，人人都該成爲斷臂女。莫說今、古有異，就算同時代的女性，就如同前述，個人的感受也都大不相同。唯一可以據以認定者，乃「你情我願」或「你親我怨」。因爲同爲女性，有的根本反應不及、感覺遲鈍，像我；有的卻極爲敏感，稍有碰觸，便覺被嚴重侵犯；有些雖是女性，卻生性豪放，和男人划拳、叫囂、勾肩搭背，較諸男子更加「生猛」。但是，只要「你情我願」，一切都沒問題。怕的是「你親我怨」，你以爲有趣，另一方卻認爲肉麻；你覺得親切，另一方卻感到難受，這就難免有性騷擾的嫌疑。

早年，台灣民風保守、傳統，觀念落伍、愚騃，在男女地位極度不平等下，不知有多少婦女飽受明顯的性騷擾甚至性侵害，卻只能在暗夜裡獨自垂泣。一位老朋友，曾在酒酣耳熱之際，涕淚合流地坦述遭遇性騷擾的童年往事。單親家庭裡，母女靠著一家雜貨舖維生。到了豆蔻年華，一位常到店裡泡茶、聊天、狀似溫雅的老伯伯，經常趁母親在店前忙著張羅生意時，踱到裡屋，向正洗碗、洗菜的她，上下其手。她左躲右閃，總躲不過他的鹹豬手襲擊。鼓起勇氣向母親反映，母親竟然正色責備她：

「像這種白賊話你也敢講!××伯兒是讀冊人,哪會做這款事情!你實在有夠夭壽!不可這樣空嘴嚼舌,下次再這樣黑白講,我會把你的嘴舌割掉。」

嚇得她從此不敢吭聲,只能默默忍受。一直到結婚、生子,都還無法完全擺脫年少時性騷擾的陰影。

親戚中還傳說一則悲慘的性侵害事件,在民智未開的年代,保守的村莊裡,女兒被中學老師性侵害了,父母覺得顏面盡失,非但不敢去和老師理論,甚至竟遷怒女兒,詬責她不知檢點,才予老師以可乘之機。女兒羞憤交加,又走投無路,只好選擇仰藥自盡。家裡發生了這等悲劇,家人咸認是醜事一樁,掩掩藏藏地辦了喪事,該名老師逍遙法外,留了下來,繼續蹂躪別家的女兒。

一回,在演講過程中提及此樁悲劇,忽然一位中年女子眼眶泛紅、嘴唇打哆嗦,夜裡,便接到這位女士的 **E-mail**,原來,她的遭遇正是故事的翻版,差別只在,故事裡的女孩死了,而她選擇活了下來。

「眞是生不如死啊!」她在信件的最後如此喟嘆著。

被迫喪失的貞操,竟成爲生命中如影隨形的罪孽,她苦苦掙扎、靦顏求存,卻落得羞辱一生。污辱女人的可惡男子逍遙自在的活著,被男人玷辱的女子,卻反覆被愚不可及的輿論毫不留情的鞭笞、重創,這樣的慘劇,絕非單一事件,堪稱台灣婦女史上最大的恥辱。

開放的年代，兩性接觸的機會日多。性騷擾的議題，變成媒體的主流論述。性騷擾防治法已於二月上路，法律講究證據，性騷擾既然認定不易，舉證又頗爲困難，在訴諸法律前，彼此先行告知、警示，我以爲是促進兩性了解及和諧的必要手續。無論同性或異性往來，只要感覺不對，就切莫隱忍，要勇敢向性騷擾者說不！不必等到忍無可忍，才想到訴諸法律，讓對方有藉口說：

「奇怪！幾年來，不都是這樣的嗎？我以爲她感覺到很愉悅哪！」

兩性共治的社會，無論男女，都請克己復禮、吐屬優雅，交往時，相互尊重，並避免自陷瓜田李下的疑陣。而對恃強逼弱、仗尊凌卑的鼠輩，不管他是直屬長官、握分數生殺大權的老師、給付薪水的老闆或年高位尊的長輩，呼籲全民都不再姑息，群起以輿論聲討、以法律制裁，讓「你親我怨」的狀況早日在台灣絕跡。

——原載二〇〇六年三月十七日《中國時報・副刊》

神殿下的眼淚

七年前，爲了鼓勵愛畫畫的先生退休尋找生命的第二春，我和孩子特意在信義路上的大樓裡購置了一戶小坪數工作室，權充五十大壽的禮物。沒料到房子雖小，問題卻出奇地難搞。

是一幢十二層樓的建築，住戶多達五、六十戶，有的是住家，有的是辦公室；有的是自用，有的是外租。人多事雜，有一位主任委員負責開會調停。工作室剛買下時，只要通知開會，外子幾乎無役不與，然每次回來，總是慨歎開會效率太差，大把時間往往淪於空轉，幾次過後，再也不肯出席。到底爲了哪些事開會呢？每月繳交的管理費用是否該調整？電梯該在何時換新？水塔多久清洗一次？牆壁滲水該如何處理？要不要安裝監視器？管理員及清潔人員的薪水是否需要調整？調整幅度該是多少？信箱換新、大門鑰匙重打、化糞池清理、抽水馬達修繕、照明設備增設、大樓門面翻新……林林總總，既瑣碎又難達共識，開會時，往往像一群散兵游勇，各說各話。

一日下午，大夥兒又群聚樓下電梯前，大汗淋漓地開會，我請他們移駕到我們的工作室內，因爲全程參與，才充分理解到外子的抱怨並非無的放矢：眾聲喧譁，卻全無交集。因爲八樓以上的東邊牆面嚴重漏水，恐怕會影響安全，相關住戶要求公費修葺，主委說明未了，即刻有人嗆聲：

「當初他們接納廣告看板，四戶人家平分收益，怎麼沒想到分給全部住戶！如今，釘看板的後遺症來了，漏水了，卻要全樓買單，公平何在？」

「是呀！提出問題，卻又不來開會。不要以爲沒人來開會反對，就想偷渡闖關，所有決策必須經過正式投票通過才算數的。」

然後，七嘴八舌，問題尚未有結論，又有人另闢蹊徑，提起蓄水池的清理事宜；接著，其中的三人開起小型會議，交換著裝潢的資訊；另二人則竊竊私語兒童夏令營的選擇……奇怪的是，主持會議的主委似乎並不著急，任憑各路人馬海闊天空。總之，會是開完了，天也黑了，並沒有任何共識達成。主委懶洋洋地做成結論：

「自我當上主委以來，每次開會，四、五十戶人家，沒有一次超過五個人與會，上次開會竟然只有我一人出席，今天好不容易來了十人，算是盛況空前，可是，看來也無濟於事。只好下回再擇期進行囉。」

從語氣中，我聽不出主委是否感到有些失望！或許類似的拖拖拉拉已成常態，大家都已習以為常，一向重視效率的我在一旁聽得咬牙切齒，簡直恨鐵不成鋼。當初前任主委因病過世，重新票選大樓主委時，因住戶意興闌珊，開會一直沒有達到法定人數，主委職位因之懸缺多時。幾次過後，熱心如外子也乏了，索性不再理會。我們也弄不明白，這位主委最終是如何出線的，我懷疑他是被奸人所陷害，不過，無論如何，託天之幸，大樓總算有了一位主委！可惜，本指望他主持公道，摘奸除惡，看來是沒甚麼希望了。

工作室雖然只有十七坪，卻位居北市要津，麻雀雖小，我們也希望能五臟俱全。於是狠狠花了一百二十餘萬元重新裝潢，朋友來了，全讚不絕口。飄飄然之餘，以為從此王子跟公主可以在這個美麗的工作室裡展開新生活。哪裡知道，恐怖的事情已然埋伏在頂樓的管線上。沒多久，我們發現一進門的左側牆面開始冒汗、流淚，吃驚之餘，開始追索元凶。既然淚水來自上方，我們當然上樓打交道。十二樓的主人露出無辜的表情，打開牆上的一個小拉門，駁雜的管道瞬間裸露在眼前，他要我們彎下身子往高處看，竟然有一支公共水管噴出微微的水線，他說：

「喏！就是這兒冒出的水肇禍，這是公家的水管，不干我們的事。」

公家的水管？不干他們的事？這事有趣了！水線直噴，就算是公共設施出問題，難道就由著漏水的水管不停地滴水！後來才由鄰居口中得知，因為十二樓曾經在頂樓大興土木，將整體結構徹底改變，敲敲打打後，許多的管線都因此遭到破壞，卻希望公家買單，

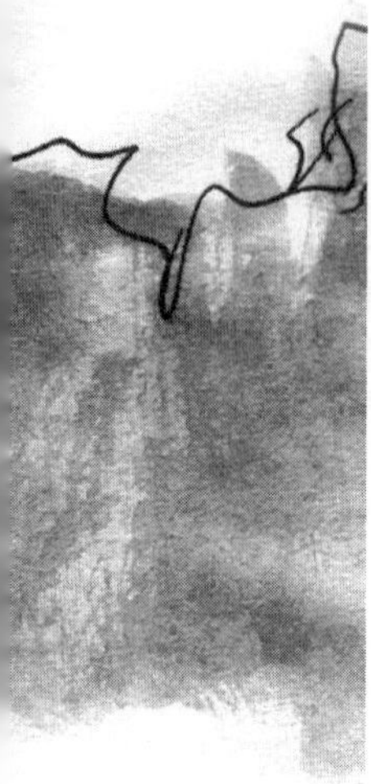

住戶當然不依，於是，公、私兩相推託，才演變成今天的三不管狀況。我有理由強烈懷疑先前的住戶恐怕就是因爲無力解決這個棘手的問題，才急急將屋子脫手，而我們不明就裡，就成了代罪羔羊。

既然十二樓的住戶沒有解決問題的誠意，我們於是轉而向管理委員會提出申訴。那位沒甚麼魄力的主委，一反常態地一口應承：

「我是沒問題的，反正錢是公家的，又不是我的。只要合理且爲大家所認可，由公家出錢抓漏修繕，我沒有理由反對。」

話說得輕鬆又得體，我們本當爲他的深明大義而感動，然而，在大樓內出入多時，對該大樓的文化稍有浸淫後，深知意欲達到此目的，幾乎是不可能的任務！如果拿寫作論文的方法來勾出關鍵字，那麼這段話的關鍵字有「合理」、「大家」、「認可」三組，「合理」與否，見仁見智；要集合「大家」已如上述之難，而要得到一群散兵游勇的「認可」，根本就如緣木求魚。

因爲滲水微弱，牆面只呈現略微冒汗狀態，並無立即的危險，事情也就在苟延殘喘的心態下，一直拖延下去。有幾年的時間，外子常從家裡步行五分鐘到工作室畫畫、讀書；我也湊趣到那兒寫作、閱讀；每逢星期

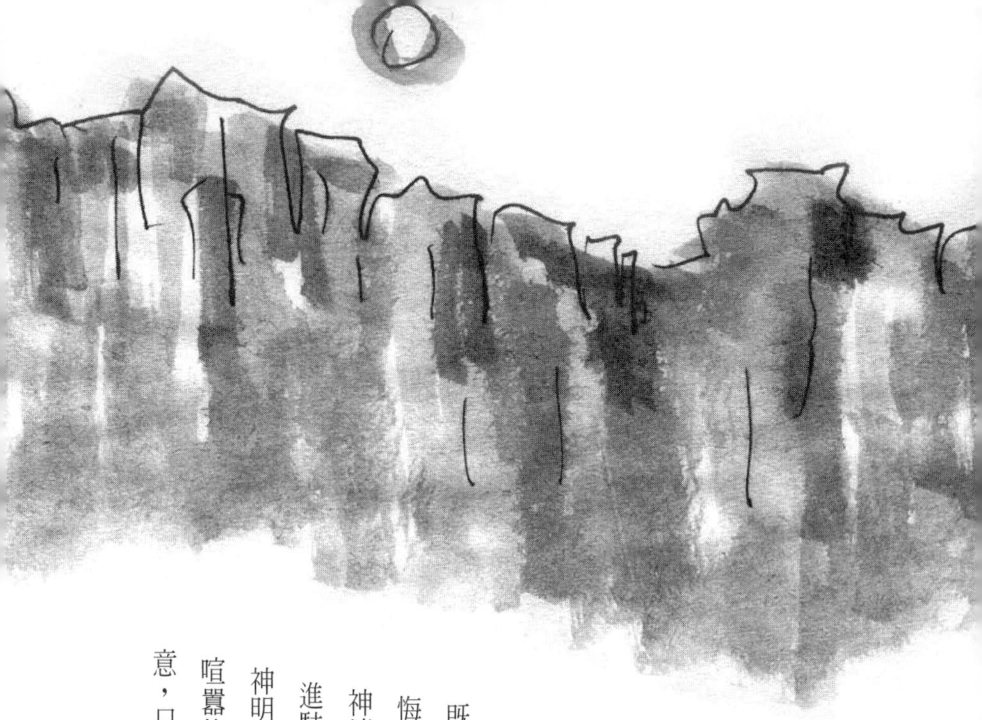

六，畫友們聚在工作室裡認眞地畫模特兒；文藝界的朋友，偶爾也應邀來聊天，因爲太快樂了，雖然牆面上一逕濕潤，甚至開始有了瘢痕出現，我們都視若無睹。直到畫友因故星散，住家書房也重新整修過後，工作室開始被閒置下來，我們評估工作室的利用價值既然銳減，或者已到了和它說再見的時機了。於是，決定委託仲介進行賣屋，至於漏水問題，我們情願折價給買方，由對方自行處理。

不到一日，好消息傳來，已有人下訂金。我們懷著既高興且惆悵的心情前去簽約，誰知下訂者竟然當場反悔，原因是最後關頭才發現頂樓陽台竟然穩穩坐落了一間神壇！這一驚眞是非同小可！因爲是工作室，並非全天候進駐，我們也從來不曾上到頂樓，所以，全然不知竟然和神明共居了那麼長的時日。雖然，我們再三向對方保證並無喧囂的儀式或擾人的誦經，但是，還是沒能扭轉買方的心意，只好悵然作罷。

「房子只賣給有緣人，不必強求。」

我們如此自我安慰，然而，類似的反悔情事，竟一再發生。買方幾乎都在進到工作室後的第一時間內，義無反顧地奉上訂金，唯恐被他人捷足先登，卻全在簽約之前，被樓上的神明嚇得反悔，一位年輕的女子還謠傳神壇收容的是無主的孤魂野鬼，這倒引發了我強烈的好奇。於是，找了個大白天，上樓一探究竟。赫然發現整個樓頂幾乎全部失守，一座灰暗的道教神壇矗立著，幽幽的紅燈映照，使得各色奇怪的金身神明面貌顯得格外詭奇。神壇外，一座大香爐裡，還殘留著未燃燒完全的金紙。我們不禁瞿然大驚！大樓的住戶，不乏法官、律師，怎麼容許頂樓加蓋了這麼大個廟宇？大型燒金箔紙的鐵塔難道沒有危險的顧慮嗎？萬一引起火災，鬧出人命，可該怎麼辦？我們心情沉重地下樓，神壇的負責人正是那位推卸漏水責任的十二樓住戶，他們的父親也是大樓先前的主委。小小的漏水責任都想規避，看來要他們將神壇搬遷無異天方夜譚了。

之後，我在一次例行會議中提出此事，質疑住戶居然姑息危害公共安全的大金爐存在。大夥兒都說：

「先前，他父親擔任主委，爲所欲爲，大家也不敢說。如今主委雖然過世，廟宇存在也已多年，我們雖然不滿，然而，住在這兒，每天見面，顧忌較多，不好意思；你不住在這裡，比較可以暢所欲言，我們絕對在精神上支持你，你若有辦法讓廟宇遷移，也算功德一件。」

於是，我開始展開其後被認定是雞蛋碰石頭的大作戰。

首先向台北市建管處提出違建通報，建管處一聽說是廟宇神壇，即刻推給輔導宗教的民政局第三科，第三科的人員一邊接納了我們的報案，一邊忍不住抱怨建管處的推卸責任。一個月過後，我打電話追蹤，民政局職員仔細引導我上網觀看「檢舉違規未登記室內活動場所」的舉報案件查詢。我驚訝地看到千奇百怪的違建、噪音、空氣污染、養鴿糞便惡臭的檢舉案件，卻幾乎千篇一律得到以下看似殷勤實則讓人氣結的回覆：

「稽查時並未發現使用焚燒金紙等空污情事，周遭亦未發現環保相關污染。」

「稽查時經周界檢測學會其內使用擴音設施播放誦經聲之音量為六十四分貝，尚未超過第三類區擴音設施日間噪音管制標準（標準值為八十分貝）。」

「稽查時，現場未有聚會使用擴音器唱歌之情事。」

而所有違建都屬「既存」，列入分期分類，將依序處理。據此規則，可能到我的曾孫白了鬍子，都還排不上取締名單。回覆文的最後，總會制式地加上一句：「爾後若有環保公害情事，煩請充分利用本府二十四小時環保專線電話報案，以利查處。」

我怎麼也不相信所有的檢舉都湊巧是誣陷！稽查時，都剛好沒有查到具體事證，除非官商勾結，否則一再的檢舉，難道都是居民無聊的惡戲！我不服氣，又打電話到建管處，詢問他們違建拆除固然有先來後到的次序，但是，若牽涉到公共安全，是否應該優先處理？建管處又立刻將燙手山芋丟給消防局，說是公共安全的認定應由消防局執行；消防局一位女士聽說了，大動肝火，立刻破口大罵建管處最擅長踢皮球。我被轉來轉去的電話攪得頭昏腦脹，有一刻，竟然拿著電話，失神微笑起來，怎麼也想不起我到底爲了甚麼事生氣。窮畢生教書生涯，一簞食一瓢飲，撙節用度，多麼不容易才得以實現的小市民夢想，竟然因爲神明紆尊降貴與民共居而變成一文不值，而這麼明顯的危及公共安全的違建，就算傻子，一聽也就明白的，卻悉數「稽查」不出，這事既荒謬到極點卻又讓人心酸到哽咽，然而，作爲台北市民，除了微笑，你又能如何？

——原載二〇〇五年八月二十六日《中國時報．人間副刊》

離奇失竊記

家裡曾經發生離奇的偷竊案件，之所以稱之爲「離奇」，是因爲失竊的只是一台液晶螢幕，在液晶螢幕旁的櫃子裡，還擺了DV攝影機、數位相機，抽屜裡還躺著不少的外幣，全都安然無恙。最讓人百思不解的，是大門不但猶然緊閉，甚且還比先前多上了一道鎖，從台中奔喪歸來，乍看完全沒有異樣，只在行囊歸位過後，想上網收信，才發現居然沒了螢幕。

堪稱離奇的失竊案！首當其衝的嫌疑犯當然是擁有鑰匙的一干人等，排除有不在場證明的，就剩了兒子和幫忙清潔工作的T太太。兒子知道自己成爲嫌疑犯後，誇張地大笑，那種笑聲裡似乎透露著欲蓋彌彰，也因此使得案情越發顯得撲朔迷離。老實的T太太聽說了，眼眶發紅，又賭咒又發誓，把她一生秉持的光明磊落的座右銘全和我複習了一回，因爲反應過度激烈，也不免引起莫名的疑問。可這兩人全無犯罪動機，兒子想要東西，提了就走，何勞偷偷摸摸！T太太服務敝宅，已有相當時日，又勤快又老實，深得我們的信任，何況她又不會使用電腦，實在沒理由取走螢幕，眞是讓人納悶！

失竊案件再度發生，是三個月後的一次出國旅遊歸來。這回除了液晶螢幕，外加主機一台、Web Cam（網路攝影機）一個。現場依然保持整潔，門窗完全沒有遭受破壞的痕跡，離奇的是，大門依然深鎖。依情況判斷，竊賊應該和上回同屬一人，擁有大門的鑰匙，且準確察知我們的行蹤。我後悔沒有在第一次遭竊時，便當機立斷，更換門鎖。

然而，到底是誰呢？起始，我懷疑是糊塗的女兒，租屋在校外，鑰匙亂丟，被同居的宿舍友朋複製了去。但是，宿舍的朋友，又怎知家裡地址？甚至還知道我們出國旅行？

一日，我出門教書前，先開啓信箱取信，邊走邊看信，直走到車子旁，才發現整串鑰匙留在信箱上。這一發現，倒引發了我的聯想。在第一次失竊前，我曾有一串鑰匙，遍尋不著。我並不認爲是遺失，因爲一向糊塗，也不以爲意，當是擱在住家、工作室或研究室的某個角落；或是放在哪一件衣褲的口袋；甚至哪一個大、小皮包裡。因爲忙碌，就取了備用鑰匙使用，總想著會在某一個午後，意外和它重逢。這次的失誤，讓我豁然開朗！或許，鑰匙便是這樣被遺忘在信箱的鎖孔上。我猜測偷兒取了鑰匙對號入「偷」的可能性甚大。於是，我開始抽絲剝繭，展開緝凶行動。

首先，我在大樓的告示欄張貼了警告信：

敬告無情的偷兒：

爲何在我們十月回中部奔喪期間偷走電腦液晶螢幕！爲何又在新年期間，趁我們出外遠遊之時，搬走電腦、新購液晶螢幕及網路攝影機！你是電腦螢幕的愛好者嗎？有沒有仁人君子能提供破案線索？爲此，我們已想破了頭。也籲請芳鄰注意門戶，謹防小偷入侵。

四樓敬上

接著，我開始過濾出國數日間的來電顯示，一一去電詢問，確認來電者的身分，連銀行、保險業的推銷，都沒放過。其中只有一個深夜來電的大哥大號碼，屢屢出現冗長的卡通前奏，收話人卻怎麼都不肯接聽。我鍥而不捨，守在電話機前日夜撥打，卻總無功。靈機一動，我借女兒大哥大使用，這回，收話人接了，我即刻辨認出是大樓內的一位中輟生的聲音。沒讓他閃躲，我二話不說，單刀直入：

「怎麼會是你？」

畢竟是孩子，直截的反應是：

「我只是想打電話去警告你，因爲聽見你們家有不尋常的動靜，怕是小偷光臨。」

這一過招，可就露餡兒了！我甚麼話題都還沒提哪，他竟知道我爲偷竊之事前來，這不正是作賊心虛的表現麼？眞相終於大白！因爲出國那幾日，另一戶鄰居見我們的報紙、信件滿溢，將它們收拾後，統統放在樓下大門內的一輛腳踏車車欄內，也只有進得了公共大門的人，才可能由那批堆疊的報紙、信件，推測我們尚未歸來。而爲了確認，他先在下手前的夜半打電話打探。也因爲不是慣竊又是熟識的鄰居，所以手下留情，甚至順手幫忙將門戶鎖得更加密實，免得災情擴大。然而，既無直接證據證明，我也不能鐵口直斷。何況，終究只是個小孩，如果不是我自己失誤在先，將鑰匙遺失在信箱上，也許也不致引發他的犯罪動機。於是，我委婉忠告他：

「阿姨很失望哪！一直覺得你又聰明又機伶，很看好你的。如果我冤枉了你，你別生我的氣。但是，你深夜打電話到阿姨家，的確有很大的嫌疑，難怪我要……」

話猶未了，他急急接口：

「不會生氣的！這幢大樓裡，就數我最不乖！難怪你要懷疑我。……不過，我眞的沒有偷你的東西。我不會那麼傻！……何況我現在還在保釋期間，只要犯一點點罪，就要關進監牢的。我不會那麼冒險的。」

「啊！保釋期間？你犯了甚麼罪呢？」

「販賣毒品。」

天啊！這比我想像的嚴重太多了！相形之下，我所失竊的液晶螢幕顯得微不足道。販

毒和吸毒，通常是一體兩面，吸毒的人，在毒癮難耐之下，常常顧不了尋常的人情。我聯想起經常來按電鈴的一掛年輕人，各個頭角崢嶸，都說是來探望這位鄰居的孩子的。也許東西眞的不是他偷的，而是他的那一掛朋友的傑作。然而，無論嗾使或提供資訊，在在都和他難脫關係。他們只偷我一些電腦配備，離開時，並且將我的門再多加鎖一道，應該算是對待友善鄰居最客氣、最周到的態度了！

雖然證據仍嫌不足，實際上，案情已然大白。我理當鬆一口氣的，卻反倒心情沉重到想哭的地步。一個原本聰明伶俐的孩子，自小到大，一逕活潑明朗，每每在電梯或門口邂逅，總不忘和我們禮貌地打招呼，「阿姨好！」「叔叔好！」的招呼聲，元氣淋漓，經常讓我們聞之精神為之一振。然而，到底在成長階段的哪個環節出了差錯，導致如今誤蹈法網，甚至沉淪毒窟呢！如果在他生命途程的關鍵抉擇處能及時得到正面的奧援，是不是他的人生就會因此改觀呢？而在他的關鍵抉擇時間點上，他的父母在哪裡？作為鄰居的我又在做甚麼？整個教育機器又曾經幫助過他嗎？想到這兒，我不禁憮然太息了。

——原載二〇〇五年九月八日《中央日報・副刊》

輯四

為往事描容寫真

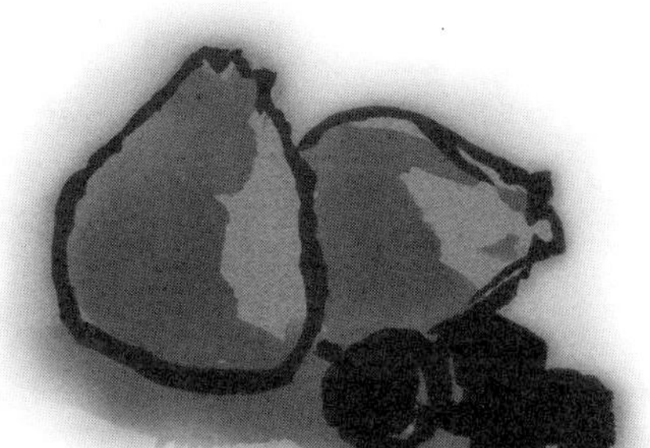

爲往事描容寫眞

——閱讀平路其人其書

不管是人或文，平路都堪稱精采絕倫。

她長手長腳，細瘦窈窕，慣常瞇著眼，微微地笑著，自然流露出慵懶的萬種風情。也許我們相處的時間不長，也或者她就是這樣的一個人，我從沒見過她疾言厲色，所有的言語都慢條斯理。她總是俛首笑稱自己迷糊、低能，可你若是眞信了她，那才叫上當。有那麼一段時間，她常應邀上政論性的 Call in 節目，和一批張牙舞爪的政客談論政治。在電視機前，我一邊驕傲地向別人炫耀她是我的朋友，一邊憂心悄悄，深怕她被那些能言善道、訓練有素的政客給吃進肚裡。然而，總算都只是過慮，她似笑非笑地條陳，看來神情恍惚，卻言詞穩當，條理分明。她以柔克剛，溫柔的遣詞用字背後是犀利的邏輯論辯，她以理服人，既無意傷人，別人也休想傷她。

文壇上糊塗人不少，糊塗事一籮筐，平路和我都算其中翹楚。不過，我們的糊塗質量皆有別。依我的觀察，她是眞聰明，所以，細事上不吝承認迷糊；我是眞糊塗，所以，常常睜著無辜的眼和朋友計較，詭辯所有的錯誤「非糊塗也，乃一時之不察而已。」其中糊塗指數，高下立判。而我們不約而同都有一副奇異的、容易脫臼的肩膀，骨節不時咯咯作響，同樣被醫生診斷出潛意識裡對擔負重擔的恐懼，因爲我們同樣擁有老邁的親人，只是她的父母越來越恍惚、安靜，而我的母親卻越來越躁鬱、精明。

和平路相識很晚，交往也不算頻繁，但是，每一次的邂逅，都堪稱美麗而溫暖。我們一起旅行、一起閱卷、一起唱歌、一起喝酒，她溫婉的舉止言行，適時穿插的笑話，都讓周遭的人，感受到非常大的快樂。她的話不多，卻每能切中肯綮；她閒閒的表述裡，最多善意和體貼。旅途裡有她爲伴，感覺步履特別輕盈，風光格外增色；唱歌、喝酒時雖推託扭捏，卻倍增箇中無窮趣味。有幾次，我們一起應邀去批閱學力測驗的考卷，因爲忙碌，她常常無法將分配給她的份量完成，可是，同組的朋友無怨無尤、爭先恐後地「罩」她，幫她分攤，就唯恐她下回沒辦法參與。後來，她應聘到香港，那年改考卷的活動雖然照常舉行，然而，平路缺席，沒了她的溫言軟語，彷彿少掉了些甚麼，似乎再也找不回前些年的興味。前些日子，我到香港訪她，拿這些話招她，她雖一逕謙稱渥蒙厚愛，卻笑得燦爛非凡。

去年，她在〈人間副刊〉的「三少四壯」寫專欄，寫的不再是她拿手且爲我們所熟知的小說，而越界到散文的範疇。我越看越心驚，幾度在深夜裡擲筆長嘆。像我這樣專意於散文創作的人，最害怕看到文壇寫小說、寫詩的同儕，撈過界來搶飯吃。他們裝備齊全、武功高強，往往略施小「技」，便一掌把我劈得老遠，等不到華山論劍，便穩坐冠軍寶座。然而，文章又寫得實在是好，讓你咬牙切齒地愛不釋手。那年聖誕節，我按捺住心裡的嫉妒，寫了封 E-mail 向她誠實致意，表達我的激賞和敬意，這大約就是這本書之所以找我共襄盛舉的原因了。

接觸平路的文章倒是很早的。如今回想起躺在棉被裡邊哭邊看她寫的《椿哥》，可眞是有如白髮宮女話當年的感受了！二十年間，平路的小說，從《玉米田之死》、《五印封緘》、《紅塵五注》、《行道天涯》、《禁書啓示錄》、《百齡箋》、《凝脂溫泉》到《何日君再來》……等無論題材、形式，都不拘一格，翻轉跌宕，往往讓讀者眼花撩亂、追跟不及，論者早給她相當高的評價，我不在此贅述。我要說的是她的散文，「文如其人」是我的觀察。因爲情深，所以纏綿。纖細易感、嘲謔自省，既是她的爲人，也是她的行文。她用喃喃自語、幾近神經質的語調，反覆叨念周遭的環境與心境。整本書，書寫力有所未逮的無奈、人難與天抗衡的悲哀，寂寞與感傷交迭，寫盡欲逃無路的掙扎與徬徨。我認眞追索平路散文的條理，她冷眼旁觀、熱心參與，心理學精準的直探初心與統計學井然的歸納分析，堪稱兩大助力，感性的抒發、理性的爬梳，她將文章的理路與情調調節到恰到好處。雖耽溺細節，卻不落煩瑣；雖履踐幽深，卻不流於沉滯蹇澀。

我看平路的散文，除痛切淋漓外，還有一種不足爲外人道的酸楚。一篇文章每每要分幾次才能看完。看著、看著，覺得呼吸困難，必須歇會兒，讓自己透透氣，我總要移開報紙，調調息，再接續著看。很難說明那種閱讀時的心情，又喜愛又心傷，一邊是對文字表述力道的激賞，一邊又是矛盾地爲她所傳達情境之淪肌浹髓而悚然心驚，尤其是敘寫歲月的部分，簡直是血淋淋的，讓人不敢看、不忍聽。

聽說老人社會即將施施然到來，拒絕不得、迎接不了，到時候，台灣大部分的年輕人都得面對平路如今的處境：高齡雙親逐日向遺忘傾頹，必須一次次將父母從鬼門關前搶救回來，等著他們打起精神慢慢康復；得經常諦聽雙親時空錯亂、似幻還眞的對話而不知如何應答；或是在夜裡看著父親重新掉回還未醒透的夢境而束手無策。一心希冀帶著父母逃離生死輪迴的宿命，卻又如此肯定：

「父親的生命，走向渺遠之處，恰似一艘慢船在開航，慢慢地駛離岸邊。」

獨生女的平路，沒得商量地一肩挑起重擔，其艱難可知。見她帶父母外食時，如何連拖帶抱地將老父拖出車外，再掙扎著扶出老母親，一路顫巍巍前行，再是狠心的人，也不禁要淚流滿面吧！看到在趕上課的開車途中，卻接到母親癡癡要求帶出去喫晚餐的電話，依違其間，進退失據的悲哀，任是無情的人，也要心惻難當吧！父母和她三人，在靠海的

陽台上討論身後事，而「外頭是蕩漾在水面的溫柔月色」！平路的筆和她的心一樣柔軟，文學的暈染功力將沉痛的內容撲上一層奇異的光澤，閃亮亮的！而我總無端想起在香港車水馬龍的街道上，我越過嘈錯雜沓的市聲恭維她：「父母俱是高壽，將來你一定踵繼前人，遺傳長命百歲。」當時，白花花的陽光下，平路拚命搖擺雙手、急聲說「千萬不要！」的驚駭表情，讓人難忘。

平路不只寫親情，也寫情愛、寫寂寞、寫城市。不管寫甚麼，慣常帶著那麼點兒傷感、惆悵、蒼涼和遺憾。眞愛彷彿只寄託在童話世界裡；死亡的陰影殷殷滲透的豈只是老年；回憶裡美好的男子最終要回歸尋常；愛情離開了巔峰時刻，瞬間光芒盡失；眾生平等的電子信件泯滅了情愛的獨一無二；而深情的永恆原來植基在曠缺！童年未必快樂，老年注定悲哀；「孤單」長驅直入，一路過關斬將，從現實直追入夢境……啊啊！似乎只有寫作的時候，既可以活在自己的小說中，又可以沉溺在別人的故事裡，這時候的平路，才會陶醉且忘形地笑得嘰咯咯的。當然！閱讀是另一種光亮，平路靠著這唯一的密道，握著香醇的咖啡、帶著一塊甜膩的蛋糕，一路迤邐前行，總算稍稍得到些慰藉。

平路曾在文章中喟嘆：

「人生多麼危脆。而成癡的我，妄想爲已經過去的光景……在心裡做註記。」

我以爲平路不只在心裡做註記而已，她以癡情爲往事描容寫眞，惻惻幽情、大哉天問，盡收眼底，筆致靈動，色彩濃稠，堪稱魅力十足。我不禁憶起，那夜，改卷任務完成，曲終人散之際，我們不忍就散，由一位年輕的朋友胡衍南領著，相偕去見識台北的夜生活。在茱麗安諾震耳欲聾的重金屬樂音及繞繚的煙霧中，平路閉著眼，柔荑高舉，身軀款擺，兀自沉浸在自己優雅婀娜的舞蹈裡，在聚光燈的照映下，整個人竟煥發出懾人的美麗丰采，教人驚豔得目瞪口呆。而現在閱讀平路的書居然就和那夜閱讀平路的感覺是一模一樣！

——原載二〇〇四年九月八日《聯合報・副刊》

終究無法將她久留人間
——送別琦君女士

下課時分，校園裡人潮洶湧，和朋友正邊走邊聊著，手機響起。朋友打開又關閉後，神色凝重，說：

「琦君過世了！」

我愣了一下，覺得腦門一陣暈眩，隨即像是繞了個大彎似的，結巴地繼續方才的話題。人潮逐漸散去，我們在轉角處相互道別，我由白花花的陽光下走進教室，是一門名曰「影劇與人生」的課程。關上燈，拉上窗簾，《油炸綠蕃茄》的劇情緩緩展開。不多久，銀幕上，一場歡樂的婚禮進行後，疾行的火車奪去了青春正盛的男子的生命，黑暗中，我忽然喉頭哽咽，辛酸難抑，其實不是爲劇中人，而是剛剛聽到的琦君噩耗開始在心裡翻騰盤旋。外面的世界價値崩毀、吵雜喧囂，一逕溫潤的琦君怕是再也看不下去了！琦君走了，是不是代表著傳統溫柔敦厚文風的徹底終結？讓人不禁思之悵然。

二〇〇一年夏日，因爲執行國科會的計畫案，我遠赴美國東岸的紐澤西，造訪琦君，對她做了一次深度的錄影訪談，那應該是琦君女士能夠清晰且有條理地表達理念的最後一次正式接受訪問，其後，她的身體狀況日趨衰弱，記憶像是穿越時空，逐漸恍恍惚惚地跌落在遙遠的童年、迢遞的溫州。

其實，早在三十餘年前，我便已經和琦君女士有過短暫邂逅。當時，我在幼獅文藝擔任兼職編輯。彷彿是在甚麼樣的集會過後，幾位女作家聯袂到社裡，身爲主人的瘂弦先生作東，在二樓的咖啡館小聚。當時我尚在大學就讀，一口氣見識到這麼多位的知名作家，緊張興奮地心臟都快跳出胸腔。那個午後，大夥兒聊著家常，給我留下最深刻印象的，非琦君莫屬。那時，她大約和我現在一般歲數吧！卻不失赤子之心，總是像小女孩一樣，側著頭聽話，不時露出驚訝的表情，每回接話，總是充滿歡喜讚嘆。譬如有人不屑某人的吝嗇行徑，講得咬牙切齒，聽著、聽著，琦君便興奮地插嘴說：

「啊！眞的嗎？他怎麼這麼可愛！」

有人說起某人的狡猾，語氣鄙薄，琦君不管，接著又是一句天眞的讚美：

「這個人眞是聰明！好有趣。」

所有的負面批評，穿過她的耳朵，再從口裡吐出時，全成了正向的讚詞，原本意在批判的人，被如此翻江倒海地新解搞得完全無計可施，只能訕訕發笑，岔開話去。笑語聲中，我圓睜著雙眼，眼珠子滴溜滴溜地轉，簡直是大開眼界！原本以爲「溫柔敦厚」四字，只合刻在古書裡，等著考試時取用，誰知眞眞落實到了人間。我從未和琦君提起那樁年少時的往事，但那回的會面確實讓我對所謂「優質作家」有非常特別的憧憬。

三十多年後，我們冒昧地扛著數位攝影機，直奔琦君的美東家居。她當然不記得曾經有過的一面之緣，只歡歡喜喜接待外子和我。星期天的早晨，她所居住的城市，安靜得像是尚未醒轉，站在門外等候應門的片刻，我轉身放眼四望，一四一七號的門牌外，花葉扶疏，一株不知名的大樹款擺著一身濃密的紫紅，直達徘徊著淡淡雲彩的天空。我隨口跟身旁的外子說：

「怎麼八月天竟然已隱隱有了秋意？」

門開處，拄著枴杖的琦君，在夫君李先生的身後探出頭來，露出驚訝的表情。

「不是下星期日嗎？……啊！最近記憶力眞不行……我們不是約了下個星期日？」

緊接的是一迭聲的抱歉，散文家想到的不是採訪的相關問題，而是懊惱：

「怎麼辦？以爲是下星期，今天中午另外約了朋友，沒辦法和你們共進午餐！你們老遠跑來，這怎麼行哪？不像話……哎呀！人老了，眞不中用……」

雖然，我們再三說明中午另有約會，也沒有時間多作逗留，兩位老人家還是耿耿於懷。直到外子取出錄影器材，琦君才急忙進到裡屋，再出現時，她淡掃蛾眉，腮邊多了一抹紅暈，灰色西裝長褲上，是藍底白花襯衫，外加直條灰背心。屋子裡，小擺飾觸目皆是，牆上除了掛著夫妻年輕時的合影外，還有朋友致贈的字畫、剪紙、壓乾楓葉、終身成就的獎牌；樓梯旁，懸掛了各式各樣的風鈴、葫蘆狀飾品、手工編織物，連茶几上都端坐著好幾個可愛的兒童及動物玩偶。隨著我的眼光所到之處，琦君不厭其煩一一細說緣會，每一件飾物後的故事，都見證著琦君惜物、惜情的溫暖襟抱。其後知道，我們當時奉贈的從日本京都文學步道旁的小店買來的兩只圓球掛飾及後來郵寄去的夫妻合作月曆也都有幸忝列其間。因爲，在接下來的魚雁往返中，琦君屢屢提到：

「惠贈的兩顆圓球，懸在燈下，優閒地飄盪，使我這老病之身也優閒起來了。」

「承惠贈燦爛月曆，感激萬萬分！二位合作的精品，懸諸壁間，隨時注視、默默體味畫與題字的意境，給我無限開闊的境界，更有一份友情的溫暖在心頭，我好感謝好感謝啊！」

就是這般的體貼溫厚，造就了琦君特殊的文學版圖，她的讀者群之廣大，在當代作家中堪稱無與倫比，可說地無分南北、人不分老幼。琦君文學裡呈現的醇厚質地，無論是文學表現手法或文章內容精神，都堪稱在亂世中織就一片難得的錦繡，不繁華，少雕飾，素雅高潔，讓人打從心底歡喜。她在文章中所描繪的世界，容或有瑕疵，卻絕非無可救藥；她看去的人間，永遠存在著希望；她眼中的世間男女，一逕溫暖動人。這種種難得的品質，事實上已然成爲稀世之珍，一如她的本名「希珍」。

在採訪過程中，我覺察到琦君再是謙和溫柔，但是對文評家嚴厲的批評還是頗為介意。當我提出某位文評家指出她的文章因為過度溫柔敦厚，筆下常成是非不分的菩薩心腸時，她的反應相當有趣。始則露出靦腆的笑容承認：

「因為這枝筆已經成習慣了，寫好的寫習慣了，一寫，心裡想到的都是溫馨的。」

她謙稱自己比較笨，反面或眞正惡毒的事，沒有文采可以寫出來。接著，在訪談題目已然轉換到別處時，忽然又將話題拉回，不甘心地辯解：

「可是，我覺得社會上壞事已經很多了，為什麼不把好的一方面表現出來呢！」

等到訪談都快接近尾聲了，或許是醇厚的本性使然，峰迴路轉的，她又回到這個話題上來，客氣地說：

「可能因爲婚後這幾十年來都很幸福，沒有遇到甚麼壞人、壞事，對這些沒有那麼深刻的體認。所以，雖然覺得隱惡揚善比較好，不過也知道寫作一篇引起讀者興趣的小說，一面倒地全都是善的，人家也不一定接受。所以，我必須要訓練自己的筆，使善惡平衡，才能夠取信讀者。」

由她對此事反覆沉吟、再三陳辭的狀況，可見琦君對稍顯負面的評論的確相當掛懷，我由是對自己迢迢飄洋過海提出過度犀利的問題感到十分汗顏。

回到台北後，我們開始通信。她的信和文章一樣，細膩包容，展示了美好的人格特質：

「這次賢伉儷來舍問，殷殷訪問，一片誠懇，使我非常感動。但我們竟沒有好好招待，實在慚愧。惠贈大作，一定好好拜讀、細細品味，讓我們成爲神交的好友。……由尊著中讀出您的一片童心，您眞是位好母親、好老師，相信我們一定會成爲好友的。」

我將登載訪問稿的報紙寄給她，請求她：

「若有修正意見，請不吝在上頭修改，以利將來出書。」

她仔細做了校正後，還客氣地在信上解釋：

「我不好意思用紅筆加添字，因爲太沒有禮貌，用黑色原子筆，又如此的模糊不清，害你花時間精神慢慢辨認，眞對不起。但無論如何，我們已是好友，心情溝通的好友，以後盼多指教。」

老一輩文人儒雅謙遜且處處講究禮節的風範，在字裡行間充分顯現。非但如此，每封信，她都不吝給予後學如我者諸多鼓勵，譬如，讀過我訪問劉大任先生後撰寫的稿子，她立刻來信說：

「拜讀您對劉大任先生的訪問，眞是精采極了！由於您問得那麼深刻、廣闊，使他得以盡情盡興地回答，啓發讀者深深的體味，比讀許多不著邊際的『文學書』不知好多少，您的智慧可從您深刻的訪問中看出。」

當我將訪問稿集結成書的《走訪捕蝶人》奉贈時，她也禮數周到地來了一信，給予謬賞：

「收到你寄來的《走訪捕蝶人》，眞是感謝萬分。我會仔細地一篇篇慢慢地拜讀，才不辜負你訪問每一位作者的一片苦心。使我最感動的是全茂先生對你全心的支持與協助，煥發的是最燦爛的愛的光輝，你們兩位是一對神仙眷屬。被訪問者之所以能暢所欲言，乃是由於你倆的誠懇、謙和和謙沖。」

她總是千方百計從各個角度尋索到朋友的好處，這也給我許多的啓發，宅心仁厚的人，的確比較容易看到美麗的風景，感受人世的美好，這是老天對她的厚賜。而每次收到這樣的信，總教我非常的振奮。只是，有時也不免因爲她的太過謙抑而感到誠惶誠恐，譬如，她不時在信裡寫道：

「如蒙不棄，眞想與您成爲好友啊！但我知道您極忙，絕不會打擾您的。」

「在台時，因爲人太多，我很慌亂，沒有和你談，眞可惜。希望能早日見面。我住過杭州南路二段很久，後來才搬到濟南路的。現在回想，都像是一場夢。人老了，又有何用，盼你不棄才好。」

看到文壇前輩這樣近乎委屈的來信，我簡直慚愧地不知如何回覆才好。除此之外，我也另有隱憂，每封信裡，琦君女士定在或前或後的某個段落，加註：「倚枕書此，字不成形，乞多多原諒。」而讓人擔心的是，她那筆娟秀有力的字跡，確實不定期地呈現凌亂、虛弱的樣貌，看來她頭暈的宿疾似乎越加來勢洶洶了：

「回來後，馬上又犯頭暈症，可能是太疲累之故。加以時差不能克服，倒在床上動不得，幸尚未嘔吐，但也無法去看醫生，只靠靜心休息，念觀世音菩薩，才漸漸恢復正常。」

雖然，她常嘆息：「『老』『病』眞是不可抗拒。」又說：「我年紀大了，萬事都力不從心，只好安命，多讀友人文章了。」但是，往往在感嘆過後，又躊躇滿志地自我勉勵道：

「但我興趣仍不減，寫作靈感雖遠不如前，但仍想努力試試。」

「我會再試試的！」她總在信裡這樣說，而我相信她的讀者也都這樣盼望著，只是，這樣的期待終究還是落空了。

琦君女士的細緻，還見於她的巧手。逢年過節，她總會在信裡黏上一只剪紙「春」字或「喜」字。二〇〇三年二月新年，我接獲她賜贈的最後一張剪紙「喜」字，她在卡片上寫著：

「……以顫抖的『老』手，剪個四喜。虔祝二位幸福幸福幸福幸福……」

我看著歪斜的字跡，忍不住紅了眼眶。十二月聖誕節，沒有預期中的剪紙，她寄來了友人所攝的杭州西湖荷花照片兩張：

「與二位分享清香，並寄遠念之意，希望能早日歡聚也。」

從那以後，我們便斷了音訊。信件的稱謂，由「玉蕙女士」、「玉蕙妹」、「玉蕙仁妹」一直到「親愛的玉蕙妹」，然後，再度回歸靜默。許是無謂的忙碌，我們各自回歸無相交集的軌道，等到再見面已事隔經年。

淡水潤福一見，我如與久違的親人重逢，險險落下淚來。琦君看來神清氣爽，只是思路時常打結，每隔幾分鐘，便提問：「我現在在哪裡？」直到聽聞「在台北」的答案後，才撫胸放下心來。我感覺她彷彿《紅樓夢》裡掉了寶玉的寶哥哥，將神魂遺落他鄉，一時還來不及運送回台。藕斷絲連的回憶，像散落的斷簡殘編，一行人哄著老人家，跟著溫州、美國、台灣三地忽遠忽近地團團轉，三年前接受採訪時的清明已不復見。我說：「我是廖玉蕙。」她回說：「我知道，你是廖玉蕙。」但是，我知道她其實並不知道廖玉蕙是誰，我表面不動聲色，內心慘怛傷痛。

「蜀道之難，難於上青天。」李白說。而我以爲世道之難行，更有甚於上青天、行蜀道。然而，無奈的是世道再難也得一步一步走下去。高壽八十九的琦君走著走著，終也和詩仙一般走到了盡頭。我有幸藉著書信往返，陪她走了一段，如今，只能端端正正站在路旁，恭送她駕返瑤池。我肯定像她這樣的良善、溫柔，兼具一身寫作本事的人，絕對和李白一樣是仙人轉世，我們終究無法將她久留人間。

——原載二〇〇六年六月十三日《自由時報・副刊》

武忠竟然眞的走了！

「武忠住院了！聽說病情不輕，這場硬戰，不知道他能不能挺過去！」久疏聯繫的朋友，忽然在電話中憂心忡忡地告知了這樣的訊息。一陣恍神和短暫的靜默過後，兩人竟都不知該如何接續下去。因爲次日即將遠赴上海，我們約定，從上海回來後，即刻結伴去給老友打氣、加油。誰知，五天後返台，武忠竟等不及我們的探訪，撒手塵寰了！

與武忠相識於彼此都尙年少的年代。武忠從軍中退伍，到幼獅公司應徵編輯職務。當時，我先進幼獅文藝擔任編輯，武忠的資料就是我和幾位同事從眾多應徵者中挑選出來的。他撰寫的質樸誠懇的自傳，給我們留下深刻的印象，也就此結下了難得的同事緣分。初來乍到的武忠，安靜沉穩。辦公室裡，人來人往，經常熱鬧滾滾，武忠總是低頭默默工作，即使不得不表達意見，也是聲音最小、態度最平和，他總靦腆地像個從鄉下來到大都會的孩子，似乎一時之間還對喧囂繁華不大適應。

雖然悄無聲息，坐在我身後的武忠，還是引起我極大的注意，因爲，他總趁著雜誌出刊的空檔悄悄讀書。那時，黃昏下班後，我還在東吳大學夜間部兼任中文系助教，見他上進用功，便鼓勵他投考，利用業餘再進修，甚至借給他投考科目的書籍，而他果然如願上榜。至今猶然記得武忠還來的劉大杰《中國文學發達史》裡，夾了許多他整理、歸納出來的摘要書札，書上也密密寫了眉批、畫了重點，可見他的確下了功夫準備的。我一直懷疑，武忠英年早逝、徒留遺憾，和他這種認眞執著的拚鬥態度或者有大關聯。他一直在學識上力爭上游、在工作上認眞負責，無論是自身進修或戮力從公，他總勉力以赴，那樣的勉力裡幾乎可以讓人眞切地聽到精神和身體相互拔河的聲音，如今回思過往，不免讓他的親友心疼難捨。我最後一次見武忠，是在去年八月間文建會培土計畫案的審查會議裡。會議過後，他送我去搭電梯，我見他一臉疲憊之色，曾婉言表達老友對他健康的關懷，他苦笑著說：「忙啊！」然後，電梯開了，走進電梯之際，我急慌慌丟出一句老生常談：「留得青山在，不怕……」話聲未了，電梯門關，武忠疲累的臉孔瞬間在腦海定格，沒料到這一定格竟成爲永遠，武忠終究不告而別了。

和武忠的交往不多，然而，純眞年代所培養出的情誼像涓涓流水。當年，比鄰而坐，雖各懷心事卻又彼此關懷，雖從不曾落於言詮，但不管多少年過後，無論在甚麼樣的場合相見，仍覺交情不同，備感親切。木訥寡言的武忠，在主管全國文化事業的最高單位裡被拔擢爲處長，既讓我感到意外，又彷彿在意料之中。這是一種十分奇怪的感受，有好幾次，我在文學聚會的場所，見他上台致辭，常無端替他感到擔心，年少時期靦腆、羞澀的武忠總不期然躍上心頭，深恐他的致辭會不小心擱淺在某一個轉折上；然後，接下來發現他言談簡淨扼要，行於所當行、止於所當止，一顆高懸的心才陡然放下且啞然失笑！武忠經過種種歷練，已非昔日青澀少年，而教書、寫作多年的我，不也已經飽經滄桑，再難回返年少輕狂，而我竟然常常忘記歲月眞的如梭！

那日，和幼獅的老同事一起到武忠住處弔唁，在客廳簡易靈堂上，向故人的遺照焚香致哀。照片裡，唇紅齒白的武忠顯示了難得的精神奕奕，對映靈堂下老父的故作

堅強，任誰看了都不禁要心傷淚落！武忠的妻聲音沙啞、神情悲悽，銜哀接待各方弔唁人士，瘦弱的身軀，像一張單薄的葉子迎風搖宕，更讓人擔心。坐在武忠整潔舒適的地下室書房，摩挲著他生前正閱讀著的葉老所寫《台灣文學史綱》，前塵往事忽然像洶湧的浪般襲上了心頭！武忠眞的走了嗎？說實話，走或不走，在現實生活裡的差異原本不大，即使他上班的地方就近在咫尺，我們也難得見上一回；然而，和我同齡的老友走得太早，在精神上卻是萬分難堪的。我決定轉身離開，假裝海深浪闊、人海茫茫，我們只是在車水馬龍的人群裡相失，他仍然在近在咫尺的文建會開會、批公文，在他最愛的書房看書、寫作；而我依舊開車去學校授課，半夜伏案寫作。我們仍舊像年輕時一樣，一起爲喜愛的文學獻身；下次見面，我還是要不厭其煩地叮嚀他：「留得青山在，不怕沒柴燒。」於是，我昂然轉身離開，不和他告別。冷不防，背後驀地傳來一陣摧枯拉朽的哀嚎，他的妻美蘭痛斷肝腸哭喊著：

「怎麼會這樣！我該怎麼辦？」

啊！武忠竟然眞的走了！

——原載二〇〇五年四月二十日《自由時報・副刊》

十多年過去了！

——《不信溫柔喚不回》重排新版有感

《不信溫柔喚不回》是我的第五本散文創作集，繼第三本書《紫陌紅塵》出版後得到中國文藝協會頒贈的五四文藝獎章，又僥倖獲得評審青睞，榮膺散文類中山文藝創作獎。猶記中山文藝獎主辦單位清晨來電通知獲獎消息時，因爲前夜趕稿，我仍在睡夢之中，被電話吵醒後，迷迷糊糊地回答：

「你們一定弄錯了！我並沒有報名參賽，你再仔細查一查，看是陳幸蕙或廖輝英，老是有人將我們弄混了。」

那位無辜的男子，頻頻致歉後，掛下電話，我繼續蒙頭大睡。約莫十分鐘左右，同樣的聲音又從電話彼端傳來，確認我得獎無誤，他說：「你雖然沒有報名參賽，但是有人具文推薦。」意外得獎的消息，讓我一下子清醒過來，接著又聽說附帶有三十萬元的獎金，我幾乎吃驚到跌落床下。第一個浮上腦海的念頭是：「應該到哪裡買一套像樣的衣服慰勞一下自己？」獎金還沒拿到手，我就直奔敦化南路的精品店狠狠認購了一套紅色長袖套裝，雖然不甚合身，但在店員三寸不爛之舌的鼓吹下，我的拜金形象於焉奠定。而那套貴得嚇人的套裝，只在頒獎典禮上露了一次臉，從此藏身衣櫃深處，再也不見天日，由此可見，得獎的興奮足以讓人瘋狂得失去理性。

收在本書第三輯〈溫柔出擊〉的十篇文章，是在《中央日報》發表的，也是我第一次接手專欄寫作。如今回想起來，首度撰寫專欄的那兩個半月間，唯恐開天窗的焦慮堪稱前所未有，寫到第十篇，就再也無法忍受了，於是，便和主編梅新先生討饒，自我了斷。這樁「中道崩殂」的糗事，一直到現在還記憶猶新，尤其是當時被賦予重任的受寵若驚與寫作時戰戰兢兢、臨淵履冰的敬謹心情，是一刻不敢或忘的。這十篇專欄文字，堪稱是我寫作生涯跳躍一個無形關卡的重要關鍵，從那以後直至今天的十五年間，我接續在許多報紙副刊及文學雜誌上撰寫過無數專欄，雖然偶爾還是會萌生時間掌握上的焦慮，但是，一切似乎駕輕就熟多了，好似已經跨越過鴻溝，可以漫步徐行在青青草原上。更重要的是，我所寫的所有專欄，從此定調爲「雖屢屢出擊，卻一直謹守溫柔之必要」。

在出版過第三十一本著作的今日，《不信溫柔喚不回》的改版重印，對我而言，意義重大。這本書，除了讓我得獎，讓我跨越關卡外，它還有幾件事值得提出來向支持我的讀者報告的。一是其中的兩篇文章〈心疼〉、〈示愛〉，分別被兩家出版社收入國中教科書

裡，沒有將它收入的幾家教科書，也都設法將它納入教師手冊及散文的課外閱讀讀本裡。追憶父親的〈繁華散盡〉一文，則被許多不同的文學選本收入，並被Chinese Pen翻譯成英文介紹出去，詩人吳晟戲稱是我的「經典之作」；那篇記憶蜜月旅行的〈出門尋日月〉則被廣電基金會相中，在《吾鄉印象》節目裡，以電視畫面呈現原文，我們夫妻二人還被邀請親自粉墨登場，在日月潭擔綱演出，被導演折騰得七葷八素。〈鵝肉販的語言暴力〉刊出後，許多朋友都聞風前往東門市場排隊選購鵝肉，聽說那位鵝肉販的姿態越來越高，一個星期假日，我再度到東門市場買菜，一位女菜飯用眼神指向那位鵝肉販並悄聲告訴我：

「那人被寫到報紙上面哦！」

我嚇了一大跳，偷偷問她知否作者爲何人，她壓低了嗓子回說：

「暫時還沒有查出來。」

當我終於放下心來，經過鵝肉販的攤位旁，看到有位婦人犯了他的忌諱，出手去翻看他的鵝肉時，我忍不住以過來人身分警告婦人，那位粗魯的鵝肉販竟然抬起下巴，驕傲地補充說明：

「是呀！你是不曾看過報紙是嘿？」

最後一輯的〈你有資格生病嗎？〉，除了敘述一次在台大醫院就診的荒謬經驗外，因爲意外引發一場論辯，所以，也徵得幾位參與論辯者的同意，將他們的高論一併呈現。距離文章發表已十六年了，我特別上網尋找兩位醫師的行蹤，宋成龍和邱震寰兩位先生分別在和信治癌中心醫院放射診斷科及臺北市立聯合醫院精神醫療部擔任主治醫師，他們都仍堅守醫師崗位，在專業的領域救世濟人，十分令人感佩。回顧當年的醫病論戰，雖各自從本位出發，倒也眞提出了許多値得注意的問題。如今，經歷了幾樁駭人聽聞的醫事糾紛，如邱小妹人球事件，讓長期以來原就緊張的醫病關係更加浮出檯面。去年，沈君山先生更以親身經歷的中風就醫經驗，寫成一篇題爲〈二進宮〉的寫實散文，並榮獲九十四年度散文獎。從文章中看出，以沈先生的身分與知名度，猶且需要透過諸多的人情救援，才能在醫院中得到適當的照料，就遑論一般的升斗小民了！〈你有資格生病嗎？〉當年在時報登出後，接獲的回響超出想像，雖然沒有如名氣響亮的沈君山先生一樣得獎，但身爲市井小民，我的就醫經驗，沒有特權加持，或者更能凸顯出一般患者的共同委屈吧。

十多年過去了！我重新在深夜展讀舊作，滄海桑田之感油然而生。

寫〈快樂地走進廚房〉時，母親猶然虎虎地、生猛地在廚房內張羅三餐，如今，年滿八十五的母親，雖仍精神矍爍地期待兒女回家團圓，卻已無法像往日般手腳痲利地在廚房穿梭了；而〈新冬菇鳳爪湯〉問世時，婆婆依然硬朗，堅持在新年時忙碌地炊粿、做菜，不停參拜諸方神明，如今也已仙逝多年，成爲子孫們敬拜的神仙；〈誰來「餃」局〉寫任教的中正理工學生來家裡包餃子的慘痛經過，那些肇禍的學生，分發部隊後的幾年，還和

我有若干的聯繫，如今也不知身在何方，而我離開中正理工學院轉任世新大學忽忽也已將近八年；另外，寫大陸之行，乘坐所謂「豪華郵輪」的〈豪華郵輪之旅〉，曾經患難與共的幾位學者，雖偶在學術研討會上驚鴻一瞥，卻似乎都已遺忘曾經的「魔鬼訓練」了。有趣的是，〈彩筆揚春〉中，寫外子喜愛繪畫，得空，曾經爲親朋好友繪製無數卡片，文章的最後，還爲他封筆十年感到悵然若有所失，且殷殷訴說心願：

「盼望哪天外子不再以忙碌爲藉口，重新用彩筆畫出昔日的熱情。」

萬萬沒料到，幸而言中，五十歲退休後的他，竟然眞的重拾畫筆，專心投身繪事，甚至開起了畫展，成就他事業的第二春；更慶幸的是，昔時天眞無邪、滿懷熱情的女兒，在〈情深似海〉、〈心疼〉、〈示愛〉、〈多倫多的天氣〉裡展示溫柔多情的天眞，如今雖已年屆二五，在紛亂的世代，卻依然保持星星一樣純眞清朗的情性。

物換星移在文章裡歷歷分明。歲月的變化，何止這些！重看書本最後收錄的外子應《新生報》所寫描摹作家太太的〈有所迷糊，有所不迷糊〉，不禁笑倒在地，幸而當年看這篇文章時並沒有察覺他的文筆還相當不錯，否則，一定大加鼓勵，而一個家庭若出現兩位作者，難保不產生「文人相輕」的競爭惡果。

外子的文章裡所提到的我的寫作惡習，如紙質不對不寫、不是固定品牌的筆也不寫、字紙簍裡頃刻間丟滿揉皺的稿紙……等，已隨著電腦寫作取代紙筆而不再成其爲問題；寫作時不能穿著有鬆緊帶的衣服、必須卸下髮夾或醞釀時間太長、醞釀過程因情緒不穩而株連丈夫、兒女等等，也都隨著寫作年資的增長、寫作訓練的累積而成爲歷史。十幾年間，我的人生也有諸多變化，我用功讀書，取得了博士學位；我努力教書研究並創作，升等成爲教授；我勇敢地變換髮型，不再光說不練；我的愛慕虛榮，開始不定期密集發作，發作時，會不顧阻攔地購買昂貴飾品慰勞自己，事後則懊悔萬分；我不再迂迴暗示外子送花，我直接明示他在何時、該買甚麼樣的禮物取悅太太。當然，一些積習依然難改，我迷糊依舊，長年在教室間逡巡、徬徨，等著學生來領人，每天仍然忙著找鑰匙、手錶、眼鏡、書本和點名單；寫完了文章，仍舊要念給外子聽，假裝請他提供意見，實際希望他諂媚阿

訣；我依然無可救藥的樂觀，每天優游自得，看出去的世界雖然不乏瑕疵卻永遠可愛、美麗……

十多年過去了，好快！童年常用的成語「歲月如梭」，忽然變得既靈動又寫實。

——原載二〇〇六年四月十二日《中央日報・副刊》

誤入桃花源

二十六年前的冬天，我們到日月潭度蜜月，遇到一位熱心過頭的計程車司機，將我們原先計畫好好休息的蜜月旅行搞得人仰馬翻。多年後，我以一篇〈出門尋日月〉的文章，細說當時趣事。事隔多年，一家傳播公司擬以描摹台灣各地風情的散文拍攝系列土地印象，看中了這篇文章，特來遊說外子和我，重返日月潭，以表演方式，還原事件。她們說：

「這個節目的製作，是爲了將美好的散文以畫面呈現，一方面讓觀眾以另類方式親近文學；一方面也藉由攝影鏡頭，讓民眾見識台灣土地及人情之美。……何況，將過往以畫面呈現，不也是一個非常有意思的紀念！」

壓抑不住內心的虛榮及潛藏的表演慾望，我們假裝扭扭捏捏，其實是欣然就範地共襄盛舉。除此之外，私心裡還有一個不足爲外人道的理由，驅使我們興起強烈奔赴的意念，即是日月潭是父親與我們訣別前最後的一個快樂的遊覽地。思念父親之際，躍上腦海的，

往往是秋日裡父親拄杖走在文武廟階梯上的背影，樹葉翻紅，周遭笑語喧闐，我們未飲先醉。

去拍攝影片那年，距離蜜月旅行約莫已有十餘年，離那美麗的秋天也有七、八年了。滄海桑田，歲月不但在我們的臉上刻畫下痕跡，也在日月潭的土地上寫下了繁華。外景人員在當地找到一位計程車司機充當臨時演員，外子、我、那位司機三人便裝模作樣地演將起來。他們追蹤當時照片裡的景點，我則幽幽回味起當年攜家出遊的心情。雖然各有懷抱，但一一尋索比對，大夥兒都驚訝地發現人爲的景觀已然有了相當大的變化，幸而湖光山色依舊清朗；而我在喟嘆父親仙逝、生死無常之餘，也慶幸當年指誓日月的婚姻依然保有昔日美好的憧憬。

電視節目在深夜播出時，家裡的電話線前所未有的發燒，親朋好友在讚美並揶揄我們平生第一回當上男女主角的演技精湛之餘，也都不約而同地說：

「啊！日月潭拍攝起來眞美！夕照餘暉、渡頭小船，眞讓人神往！我們也想找個時間過去度假。」

一轉眼，又是七、八年過去。

猶記冬日蜜月時的日月潭，灰暗陰冷，帶著點衰颯的蕭條美；秋天與父親同遊時，天高氣爽，遊人如織，是一種壺觴接四座的紛華；而拍攝影片的春日，則是堤草鋪茵、水綠沙暄的景象；這番〈逐鹿文學日月行〉，巧遇艷陽高照的夏日，雖然溽暑蒸人，但清泉萬派、茂樹千章，也另有懾人的繁榮。我總算是分別看到了日月潭的四季，雖說春、夏、秋、冬各具擅場，濃綠、輕黃都別有情調，但不變的是，潭水一逕寧靜澹定，總讓人見之不覺心平氣和起來。

九族文化村的熱鬧，最讓我驚訝。雖然並無實際參與玩樂行列，而只是坐著小火車及繞園巴士四下瞧瞧，但頭頂上方不時呼嘯而過的雲霄飛車及孩童驚叫聲，還是讓我充分感受到歡樂的氣氛；身旁孩子們向父母孜孜扣問的天眞語調及青春兒女相偕伴遊的甜蜜身影，在在都讓人不由自主笑開了容顏。雖然有時難免會萌生文明過度入侵自然的惆悵，但一想到這也是提倡觀光與開發自然必然引起的後遺症，如何兩全其美，恐怕眞的是考驗人類智慧的大哉問。

導遊一路不厭其煩地解說當地民情風俗和地理環境，缺少求知慾的我，很抱歉的是一句也沒聽進去。面對好山好水，我以爲我所需要的，不是人類多餘的解釋，而是山水靜默無語的開示，連一句讚美都嫌褻瀆。夜宿湖邊的旅邸，雖然狹窄了些，視野卻是令人心曠神怡的。夜裡，從窗口望出去，是粼粼的波光對映著點點的星光；清晨，打開落地窗，是迷濛山水間靜靜停泊的藍白船隻，像一隻隻守秩序排隊的小鞋，正等著青睞它的腳穿進，帶著它們駛向山的另一邊。

幾次到日月潭，都錯過了遊湖的行程。這回，可再也不肯錯過它的召喚了。「船過水無痕」是遊湖時最深的感受。眼看船身後方逐漸復歸平靜的湖水，想到人們總汲汲營營地爲著什麼計較拚鬥著，覺得有些時刻彷彿過不去了、有些事彷彿再也沒有希望了，心裡掙扎矛盾又何異於船身激盪湖水所引發的洶湧波濤！然而，事過境遷，再是難熬的痛苦都終將回復平靜，大自然早就給了我們無言之教，只是人們總是沒能心領神會。也或者並非無能領會，而是七情六慾本來就難以掌控，必得等待時間來加以弭平。當我正望著遠去且復歸寧靜的湖水、默默地這樣思想著的當兒，忽然就聽說已經到了古早所謂的「光華島」。經過了地動山搖，光華島陸沉了大部，只剩了區區的一小塊，聊表意思。從小被灌輸的人定勝天觀念，在地震過後的地理版圖改寫過程裡，不斷地被人們反思並質疑！

幽雅的湖光山色，勾引起都會人對咖啡香的思念。一群平日賴咖啡提神、養顏的文人，在巡行了日月潭後，再也無法壓抑潛藏的強烈慾望，虎虎地吵著討取一杯褐黑的汁液以撐持漸漸下垂的眼瞼並召喚逐漸渙散的思維。

「湖邊有非常棒的咖啡屋，連你們台北都比不上的！」

這番自信滿滿的話，讓所有人的腳步變得輕盈許多。果然！藏身叢樹群花間的屋子，不但典藏著極豐富的藝術品，尚且有咖啡的香氣和旋身的九重葛爭相搶著飛出圍牆外。室外的瓜棚花叢間，點一杯香醇的卡布奇諾，沉醉在帶著南美風情的悅耳音樂中，我們懶洋

洋地坐著，怎麼也不想起身離開！

逐鹿之行，我們沒有找到傳說中的羣鹿，卻彷彿不小心誤入了陶潛的桃花源！

——原載二〇〇三年十二月二十三日《台灣日報・副刊》

愛河影綽的美麗

近年來，幾次到高雄，總是行色匆匆。不是從機場直奔文化中心或中山大學，要不，就是疲累地夜宿高樓旅邸，在旅館裡焦慮地準備次日的講詞，從來不曾靜下心來細細端詳這個南部的繁華大城。偶然，抬眼往外望，只驚訝摩天大樓雖像競賽似的拔地而起，卻也仍遮不住一望無際的天空。看慣了台北的擁擠，高雄一直給我一種遼闊無邊的感受，揣想著高雄人的襟抱也該如它的地理般的寬闊無邊。

知道可以擁有一趟行程設計精美的高雄行時，眞是十分雀躍。這回，下了飛機，有了迥異於往日的動線。愛河的蜿蜒迤邐和市民藝術大道的開放穿透，即刻擄獲了所有人的眼睛！一個有水、有花草的美麗城市，總是讓人不由打從心底產生溫柔、浪漫的感受。彷彿只要踏上搖晃的小船，就會有一位翩翩佳公子等在水的另一方；彷彿只要一拐進開放的文化中心廣場，就可能邂逅一位充滿憧憬的文藝少女。

城市的打造工程中，所謂的人文關懷往往是成功與否的關鍵。願景館裡，我們看到規

劃人員如何小心翼翼地平移整個古老的車站，讓容量不敷使用的老車站，浴火重生，使古蹟保護與城市發展並行不悖！那樣大費周章的安排，若非眞正有心，又何能致之！我站在院景橋上四下張望，內心裡爲台灣有這樣殫精竭慮的公務員感到無限的激動。

走進內惟埤濕地，我的眼睛乍然晶亮了起來，活脫是個無可救藥的城市鄉巴佬！看到滿樹垂實纍纍的青黃芒果、芭樂，簡直是抑制不住的狂喜。我坐在樹下，仰起脖子，暗吞口水。童年裡，偷摘芭樂、芒果的刺激感，引得我癡癡若狂。一起始，還佯裝風雅地和人說著話，瞧著、瞧著，實在按捺不住了，竟忍不住粗魯地抄起一旁的帶網竹竿，直搗黃龍。一時之間，有許多同好，不知是湊趣或怎地，竟紛紛加入摘果行列。

「這裡！這個！那個不行，太大了。醃青芒果，必須是很嫩的才行，我們小時候常常醃，偷摘來的水果似乎特別好吃。先放鹽讓它出水，再放糖，聽我的準錯不了。」

有人以「醃青芒果」的專家姿態出現，因爲幼年時常常偷採別人家的芒果來醃。

「這兒有一個已經成熟的！你只要回去放個半日，應該就可以吃了。小時候，我們家種了一棵芒果樹，哎呀！你不知道，那株芒果多會生！嚇死人的多。」

有人以懷舊的口吻，細數童年往事，因爲家裡曾經種了一棵芒果樹。

「來！你來嚐嚐這顆芭樂，保證甜！就要挑這種圓形的。我們小時候……」

到了內惟埤濕地，「我們小時候」成了很多人的開場白、口頭禪，回歸到了自然，童年忽然被這群來自北台灣的文人繾綣地憶起，只因爲遷徙落腳的城市裡不容易找到的童年的那棵樹，居然就這樣猝不及防地出現在眼前，引得文人們不禁纏綿悱惻起來。

內惟埤濕地當然不只有我們高度青睞的果樹，接待的專業解說員以愛憐的口吻訴說著內惟埤的歷史，雖然沒有看到前來棲息的水鳥，但是，遠處蓮葉田田，黃的、粉紅的花朵兀自在沼澤區裡姿態舒徐地綻放著，天光雲影大剌剌地盤據著水中央，不知名的淺紫小花則一路連綿在岸邊，只要稍稍用心觀察，就不難看出保育人員苦心孤詣地爲致力增加多孔隙生物棲息環境所做的努力。每回去到台灣各角落類似的保育區，總會聽到保育人員像疼惜自家兒女般地說天道地，口吻淨是寵膩。多虧有這群勇於實踐理想且具仁厚心腸的專業或志工人員，台灣才不致淪爲獵殺大地的殘酷凶手。

接著，大夥兒搶在夜色蒞臨之前，到高雄港賞夕陽。風很大，海很藍，海風吹亂了我們的頭髮，也掀起了高昂的興致。渡船行過處，波瀾大興。岸邊高樓櫛比鱗次，海天交界處，雲朵飄浮，變化萬千。長期以來被都市叢林過度擠壓、窄化的心靈，在飄蕩寬廣的大海上，感覺上，似乎乍然得到釋放。造物的神奇，讓人不由興起謙卑敬穆的情懷，無論對人對事，都提醒自己得虛懷以待。

夜宿愛河邊。還來不及將行囊卸下、送到旅館內歸位，一行人便急急奔赴和愛河的約會。夜涼如水，愛河邊，涼風送爽，遊人如織。二人樂團在台上賣力的演出，台下咖啡飄香。坐在台下的市長，或許是技癢，在慫恿聲裡，昂然上台，從口袋內，取出一枚小小陶笛，隨著樂音吹奏起來。人潮越聚越多，接近舞台處，竟因此站立了好幾排引頸觀看的市民，每人的臉上都寫滿了歡喜。濃郁的咖啡香隨著樂音的流動，飄呀飄的，把在河邊夜遊的民眾都醺得陶陶然的。沒料到是這樣的夜！河水映著天上的星光。我的心情高亢，不只是星月交輝、愛河影綽的美麗，更多的是對太平盛世裡心手相連、交融同歡所感受到的無限幸福。

次日，我們揮汗走柴山。

假日的早晨，當我們睜開惺忪的睡眼奮勇上山之際，卻見早起的高雄市民已腳步輕盈地逆向下山了。雖則如此，可一點兒也不影響我們的遊興。在淋漓的汗水中，由礦區枯乾的林相，一路直驅茂林深處。其間，赫然發現連獼猴都不甘寂

寞地慢步朝人群蟻聚的地方走來。原來，此地的獼猴已被上山的遊客餵食成習，幾乎成了半家禽。同行的朋友非常擔心這些野生的動物一旦被人類馴養慣了，或者會失去獨自求生的本能，將來有可能永遠回不去森林。「人與動物到底應該保持怎樣的距離？」一路上，我一直思想著卻得不到答案。

總共一天半的時間內，由白日到夜深，我們高效率地走訪了高雄的山巔、海隅，看到了一個飛快改變的有願景城市。活潑而不輕佻；充滿活力卻不俗艷。無論陸地或海洋，只見山鳴谷應、蝶飛鳳舞，好不翩躚！所有的城市改造過程，都隱隱可見人文思考的體貼與溫柔，一趟高雄行，發現高雄正以美麗、優雅的姿態逐漸邁向一個讓人滿懷期許的友善城市。

——原載二〇〇四年五月二十六日《台灣日報・副刊》

好一場美麗的文學野宴！

一路穿過蜿蜒迤邐的示威抗議隊伍，行過立委選舉的喧囂宣傳車陣，我們捧著一大盤熱騰騰的炒米粉奔赴一場期待中的「文學野宴」。因爲過度興奮，在「保飯碗」、「抗議」等醒目招牌高舉的隊伍中穿梭，心裡不由萌生些許過分幸福的隱隱愧疚。微風迎面吹著，天空的顏色雖還不到蔚藍境地，卻也呈現著溫溫的灰藍，一派好脾氣的優閒。在這樣舒徐的秋日午後，有人被迫走上街頭，而我們選擇了趕赴一場美麗的盛筵。

雖無「崇山峻嶺、茂竹修林」，也乏「清流激湍、映帶左右」，然而安靜的徐州路邊——台北市長官邸的後園裡，兩枝修竹出重霄、幾葉新篁倒挂梢，加上數朵粉色羊蹄莢倚籬憑風，和會稽山陰的蘭亭相較，也自有另類風情。何況絲竹管弦嘈錯、人影歌聲交迭；菜香、酒艷、餅酥、果甜，游目騁懷，豈只是「極視聽之娛」而已！

這場難得的歡宴，在文學獎頒獎典禮之後舉行，堪稱完美的連結。它綰合文學和美食，對「文學反映人生」做出最具體的詮釋。人生諸問題：食衣住行裡，「食」，排名首位，寫作者慶幸不用煮字療飢，他們不止殷勤向文字中密密尋春，也同時撥冗洗手做羹湯；更進而提供拿手私房菜餚，和文友們酌酒花前。長條桌上，各色食物攤放在陽光和微風下：私房日式涼麵對上台式炒米粉、北平木樨炒麵；豬腳挑戰鳳爪；嘉義雞肉捲對準泰式雞腿；櫻花茶漬飯卯上鹹魚糯米飯和八寶甜粥；炒牛肉坐對雲南大薄片；酸辣甜黃瓜、韓式泡菜和日式小菜展開三邊競賽；醉雞和香椿芽皮蛋爭論誰是老大！天仁茶點笑迎遠客紐約起士；麥寮特產和台中名產爭論誰的故鄉較遠；各式甜點如提拉米蘇、起士蛋糕、蛋塔、手工餅乾、甜甜圈、牛軋糖……爭相對著手握咖啡杯的朋友招手。樂音飄浮、人語喧闐，久違了的文友就在其間暢敘幽情；輩出的新人則或者靦腆羞澀地彼此交換心得，或者趨前向前輩請益。而無分先來後到，大夥兒一律先俯首斂眉向美食稱臣，正是所謂：「以文會友，以『食』輔仁」也。

徒有美食，尚難盡興。拾參樂團繼起演唱，三位年輕團員卯足了勁兒，在沒有隔音、只有人牆的空曠之地演奏並引吭高歌。風吹著，偶爾揚起一陣風沙，在每道食物上均勻地撒下胡椒粉，一體均霑，沒有任何一道食物錯過這道添加的調味料。工作人員見狀，細心地悄悄在樂團前後方灑水，較諸古人「揚湯止沸」，今人「灑水止灰」可是有效率多了。

年輕詩人魚果扮演的蔡金花出場，立刻引起一陣鬨笑。他一臉濃妝，揮著紫色孔雀羽扇，胸前垂著金圍巾，鬢邊插著一朵大紅花，腳踩高跟鞋……渾身上下，五顏六色，好不驚人！他尖著嗓音又說又唱的，十八般武藝全使了出來，讓我們見識了新世代年輕人的敢現、愛炫。許久之後，我才弄清楚他原來是男扮女裝，女兒笑我孤陋寡聞，我只能睜大驚訝的眼睛，自嘲需要加強新潮流的跟監行動。

接著是詩人管管的朗誦詩。斷斷續續地，聽到詩人彷彿呢喃著什麼「清水中學的幾窩燕子跟半世紀的燕子問題……」。清水中學、燕子、燕子銜過的春泥、屋梁、後現代主義的大歷史問題、貝聿銘蓋房子的問題……詩人忘形地手舞足蹈起來，聲音讓風給吹得老遠、老遠……時而清晰、時而模糊。這時，身旁忽然出現一位老人家，嘟囔著：

「念些什麼呀？呢呢喃喃的，搞什麼！」

「答對了！他朗誦的題目正是『呢喃』。啊！老伯，您眞厲害！一聽就點出重點。」

一位年輕男子欽佩地朝

老人家說。老人家嚇了一大跳，或許是沒料到自己竟然如此具有慧根，氣勢陡然高漲了起來，忍住得意，微笑地走開了去。我預料詩壇或許從此又將平添一顆彗星！

歌手許景淳和文化局長廖咸浩渾然無間的合音，將節目帶到最高潮。接著，涵括老、中、青、少、幼的即興爵士樂團在主持人韓良露的大力鼓吹下，於焉誕生。梳著整齊西裝頭的三歲男娃兒，最是搶眼！他神色自若地主動走進樂團中，左邊是廖咸浩局長，右邊是民歌手許景淳、詩人管管、金花及三位拾參樂團團員，堪稱「強棒環伺」，他卻絲毫不顯怯場。雙手握著地上隨意拾得的樹枝，絕對投入地隨著節拍擺動，賣力地伴奏著，彷彿是經歷豐富的樂團一員。娃兒一身是膽，看來天生是吃舞台飯的。他的擔任主播的母親笑說：

「也許明年就可以帶著眞的樂器上場表演了。」

我則誠懇的提醒她：

「到明年之前，可得先好好看住，別讓人給偷走了。這麼可愛的娃兒，我看了，都忍不住想偷偷抱回家。」

孩子眞是可愛！前前後後的跑著、追逐著，每一位別人家的孩子都像天使。一對雙胞胎女娃兒，穿著不同樣式的洋裝，時而彼此飛奔調笑，時而投入叔輩的懷抱，緊緊環抱對方的脖子，讓人看了，忍不住想捏捏她們的腮幫子。宴會裡，有了孩童，固然減了幾分典雅莊重，卻也因此增添可愛天眞的趣味，而他們咯咯的笑聲，總讓人打從心底溫暖起來。

無「童」不成歡，「文學野宴」有了小朋友參與，更添野趣。

天色逐漸暗了下來，在薄酒萊的助興下，不忍就走的朋友都顯得步履癲狂了！野宴已接近尾聲，一片落葉忽然從天而降，不偏不倚斜插在我盤中的蛋糕上，醉眼看去，彷若一幅設色淺淡的油畫。野宴結束，主辦單位叮嚀文友務必將剩下的點心打包回去。

雖然依依不捨，我還是打包了這幅美麗的油畫和一下午的好心情回家。

——原載二〇〇四年十一月二十三、二十四日《中國時報・人間副刊》

廖 玉 蕙 作 品 集 2 0

大食人間煙火

國家圖書館出版品預行編目 (CIP) 資料

大食人間煙火 / 廖玉蕙著 . -- 增訂新版 . --
臺北市 : 九歌 , 2020.05
面 ; 公分 . -- (廖玉蕙作品集 ; 20)
ISBN 978-986-450-290-5(平裝)

863.55 109004507

作　　者——廖玉蕙
繪　　者——蔡全茂
創 辦 人——蔡文甫
發 行 人——蔡澤玉
出版發行——九歌出版社有限公司
臺北市八德路 3 段 12 巷 57 弄 40 號
電話 / 25776564 傳真 / 25789205
郵政劃撥 / 0112295-1

九歌文學網 www.chiuko.com.tw

印　　刷——晨捷印製股份有限公司
法律顧問——龍躍天律師 ・ 蕭雄淋律師 ・ 董安丹律師
初　　版——2007 年 1 月 10 日
增訂新版——2020 年 5 月
定　　價——300 元
書　　號——0110720
I S B N——978-986-450-290-5